天高云淡

云悦读

张　云　著

中国经济出版社
CHINA ECONOMIC PUBLISHING HOUSE
·北京·

图书在版编目（CIP）数据

天高云淡·云悦读 / 张云著 . —北京：中国经济出版社，2024.1

ISBN 978-7-5136-7499-7

Ⅰ. ①天… Ⅱ. ①张… Ⅲ. ①散文集－中国－当代 Ⅳ . ①I267

中国国家版本馆 CIP 数据核字（2023）第 185796 号

责任编辑　彭　欣
责任印制　马小宾
封面设计　任燕飞

出版发行　中国经济出版社
印 刷 者　北京富泰印刷有限责任公司
经 销 者　各地新华书店
开　　本　880mm×1230mm　1/32
印　　张　5
字　　数　90千字
版　　次　2024年1月第1版
印　　次　2024年1月第1次
定　　价　89.00元
广告经营许可证　京西工商广字第8179号

中国经济出版社 网址 www.economyph. com　社址 北京市东城区安定门外大街58号 邮编 100011
本版图书如存在印装质量问题，请与本社销售中心联系调换（联系电话：010-57512564）

天高雲淡
雲悅讀
胡振民題

张云，中国人民大学工商管理学硕士，香港理工大学管理学博士，中国人民大学商学院职业导师，普洱茶协会专家委员会副主任专家委员、副会长，云南省茶叶流通协会副会长，中华茶人联谊会副理事长，山花工程慈善基金会副理事长，云爱公益创始人，中国人民大学商学院 EMBA 校友总会副会长，北京校友会会长，北京河北企业商会常务副会长，北京钮泰文化发展有限公司董事长，北京云乾传媒广告有限公司董事长，北京菜美味生态农业发展有限公司董事长，万信未来（北京）资产管理有限公司董事长，云南普洱成尚文化产业有限公司董事长，华诚国信（北京）文化发展有限公司董事长，中云乐购（北京）网络科技服务有限公司董事长，北京云普茶业有限公司董事长，北京韶华医疗美容医院董事长，北京韶华君盛健康科技有限公司董事长。

张云热心公益事业，积极承担社会责任，多次在赈灾、济困、助学等活动中捐款捐物，并带领公司管理团队参与北京山花工程慈善基金会、中华少年儿童慈善救助基金会、中国妇女发展基金会、中社社会工作发展基金会、腾讯公益等公益组织开展的多项公益活动；先后获得中国十大新锐创业领袖奖，全球华商菁英人物奖，金鸥奖 2020 年度 CEO 人物，2021 年度乡村振兴贡献奖，第八届、第九届中国企业家发展年会“年度最具社会责任企业家”和政府慈善奖项——“中华慈善奖”等多项荣誉。

源远流长：梦的源头很远，百舸争流，初心如磐；
情的水流很长，风华正茂，行稳致远。
“源远流长”是张云创业初始核心团队的名字，
亦是创业的初心，更是企业文化，
一种星火燎原、海纳百川、生生不息的生命力的象征。

岁月如歌：对故乡的眷念如岁月之恒久，
对成长的记忆如青春之歌回响。
“岁月如歌”是张云对儿时岁月简单纯粹的一种回望，
亦是对当下生活、日月星辰的一种热爱，
更是对美好未来、山河远阔的一种憧憬。

天高云淡：天高凌云志，云淡悦清风。
“天高云淡”是张云对自己的称谓，源自毛主席的诗词。
天高云淡是向上追求的一种境界，
饱含了人的思想觉悟和精神修养，深邃而遥远；
天高云淡是执着坚守的一种情怀，
饱含了人的高尚心境和博大胸怀，宽广而精深；
天高云淡是中流击水的一种气魄，
饱含了人的胆识魄力和荡气回肠，雄伟而豪迈。

“云”外之思

——读张云先生著《天高云淡 · 云悦读》

收到电子版《天高云淡 · 云悦读》时，我正在陕西长安区有名的兴教寺游览，驻足在玄奘、窥基、圆测三师塔之间忽读高文，佛语与俗语相间，天地中微尘互见，受想行识，不亦乐乎！

人生有遐思，片刻有所悟；人生得启悟，生活有睿智。

张云先生著《天高云淡 · 云悦读》一书，是给自己说、是给朋友说、是给年轻人说、是给在生活中遇到坎坷的人说。他在交流着人生、交流着智慧。金圣叹言：“大凡读书，先要晓得作书之人是何心胸。”张云小友的胸中自是一片慈悲、一轮明月。想他也是这芸芸世间的凡人，喜怒哀乐皆备尝入怀，转而为文字，却是“天高云淡”。“婆娑醉舞，呵壁无灵天不语。独上荒台，秋色苍然自远来。古人不见，满目荆榛文字贱。莫莫休休，日凿终为混沌忧。”（清王鹏运《减字木兰花 · 婆娑

醉舞》）

张云为什么研精殚力著此书，他并不是过来人著引导书，也不是专门写书之人，他是有“不世之奇才与不世之奇情”乎？不知也！我知道他是香港理工大学管理学的博士，还获得过“中国十大新锐创业领袖奖”，想必学贯中西，博古通今，修辞立诚，立言皆是平常话又别有深意。先秦的宋玉说：“风生于地，起于青蘋之末。浸淫溪谷，盛怒于土囊之口。”世界上没有无缘无故的爱。张云小友有一肚子的思考，他冷静地总结自己生活工作中的得失，期望自己的同龄人和未来的年轻人多一些寄语清言，才伏案著成此书矣！性情至真，学问寓于文字之中欤。有禀是者乎哉！张云具备当代少有的传统儒者之风，“温柔敦厚，诗教也！”未想立言于后世，只愿真实著文章。

读这本书，想到了拉罗什科夫的《箴言录》、卢梭的《漫步遐想录》、培根的《随想录》、本雅明的《单行道》、稻盛和夫的《活法》等。人生路漫长，关于人生体悟的书不绝，张云先生的这本书，是一本当代人的智慧书、感悟书、智者书、灵修书。对当代后学求道者，擘画精详，实不易也！

每一个人的生命阶段中，总有一个时刻需要智者的引领，需要读一些对自己生命有指导意义的书。张云的书与那些名著的区别是：他在娓娓而谈，像你一个最亲密的朋友。他没有高高在上，也没有作为一个导师，而是在亲切地与你交流，给你建议，和你一起见证生活的点点滴滴。“言道者，言之有物者也；言法者，言之有序者也。”（北宋包世臣语）

他用自己精心挑选的故事，东西相映，寓理其中，娓娓道来，给人启谕。这种写法早在先秦的《庄子》中就已出现。文章之变，日新月异，任何的写作方式都是手段，关键是怎么写。张云小友的文字，读来有哲人的贯通精神，当其叙则叙、当其止则止。没有华丽的辞藻，只是以平易之心说平易之话。

整本书都是他对于人生的思考及处世哲学。我相信，只要你认真读过这本书，你的情商就会不自觉地提高，你会反思自己曾经的待人接物，甚至能够改变你对于读书和人生的看法。稻盛和夫说：“一个人的人生，和他内心描画的蓝图一样。愿望就是种子，为了在人生这个庭院里扎根、开花、结果，种子是一切的开始，是最重要的因素。”狂者进取，狷者有所不为也。世有识见都是从生活中淘来，变为文字，更是金玉良言！

孔夫子一部《论语》讲的全是人生道德，人生一世的修为也是道德。少年之时，对我影响很大的书是敢峰所著的《人的一生应该怎样度过》。在那个理想充沛的年代，它曾经是我的人生指导书。现在这本书已经重版，但于我来讲，它只有怀旧之用了。张云的这本书是一本非常新颖、非常现代的人生体悟书，“临大节而不可夺”！它不是在励志，亦不是灌输，而是交流，由浅入深的交流。张云的“云悦读”，可以理解为无限空间的“云”，也可以理解为张云自己。

《道德经》言：“为学日益，为道日损。”《五灯会元》言：“人心难满，溪壑易填。”安抚人的心灵，是任何时代都应该做的一件事，也是任何时代都很难做的事。那么多的高僧、大德、哲学家、伦理家们所说的言论，为什么没有达到实际的效果，就是因为对症不对药，或者是对药不对症。世间有忠臣孝子、高人侠客、雅儒魁士印证着自己不同的人生轨迹。龚自珍诗云：“戒诗当有诗，如偈亦如喝。”过来人不打诳语，一部《天高云淡》真是“如偈亦如喝”，可以反复地读，躺着读、站着读、醒着读、醉着读，皆能有所获矣；也可以一个人在灯光之下放着古典音乐静静地读，读得月白清亮，野旷人低，“见种种色”；还可以约一人共同读，读至兴高采烈处，两人齐声喝彩，拍案击掌，或意见相左，争论不休，或醍醐灌顶，大声朗诵。

“世界，即非世界，是名世界。”《金刚经》上的这一句话我经常思考，世界不是比喻中的世界，世界就是由你我他组成。我们在阅读《天高云淡》之际，世界亦近亦远，天地亦高亦低。君子自强不息乎？自强者有一个宏阔的世界，有一个博大的格局，有一个希望的未来！

集古诗句一叹：

人生留滞生理难，
数行新雁贴寒烟。
同是人间薄游客，
百鸟喧哢娱心颜。

胡振民

2023.9

目录 CONTENTS

张蓝心　2023.7.2

张蓝心　2022.8

靠谱是一个人最好的品质

股神巴菲特说过："靠谱，是比聪明更重要的品质。"香港首富李嘉诚也说过这样一句话："做事，要靠谱的人，聪明的人只能聊聊天。"由此可见，靠谱是对一个人最高的评价，也是一个人的顶级情商。如果一定要找一个词包含对美好的所有期待，那一定是"靠谱"。什么才算是真正的靠谱呢？总结来说无非就是：说话算数，言出必践，做事放心，心有所敬，恪守底线，做人良心；足履实地，以诚取信，相处安心。

人无靠谱不可立于世，历千百而不磨，期一言之必践。

靠谱是一个人顶级的修养，靠谱的人讲信用，守时不拖沓。

靠谱是比聪明更重要的品质。也许聪明的人走得快，但靠谱的人走得远。守时，代表了对时间的重视，对他人的尊重。时间观念强的人，身上有强大的自律能力，言行中透露出良好的修养。俗话说，抛弃时间的人，时间也会抛弃他。一个不尊重时间的人，也一定不会获得他人的尊重。

张蓝心　2015.10

“源远流长”中广受赞誉的“黑包公”隗功勋就曾这样形容守时的重要性：“生命是以时间为单位的，浪费自己的时间等于慢性自杀，浪费别人的时间等于谋财害命。”守时，是社交礼仪中最基本的礼貌和尊重。越守时的人，往往越靠谱。时间观念反映了一个人的工作态度和生活态度。

我曾经细心观察身边那些时间观念强的人。在他们身上，始终散发着受人尊重的信任感。他们有强大的自律能力，言行中无不透露出良好的教养。和他们打交道，我总是心存敬畏。他们选择走在时间的前面，掌握了主动权，做事干脆不拖沓，内心始终遵循着某种秩序感。他们认为，提前做好时间规划，能大大降低拖延造成的焦虑风险。所以，在应对任何问题时，他们都能做到不慌不乱，游刃有余。张宁就是以“自律”在“源远流长”中享有盛名的，他向来以“管理自己”的方式“感召他人”。他坚信管理者的靠谱首先表现在守时上。确实，张宁本人在守时方面的表现让人惊叹。十七年间，在集团无数次的大小会议中，他迟到的次数为零。记得 2009 年 8 月我担任上海公司的执行总裁时，邀请张宁前往“交流指导”。当时，暴雨侵袭上海，张宁搭乘的飞机凌晨四点多才迫降在杭州，杭州分公司人员建议推迟会议，将会议改到下午或第二天，张宁坚决不同意。他自驾车连夜赶路，在早晨八点左右赶到了上海。当张宁疲惫不堪红着眼睛出现在会场时，上海公司的全体员工都备受鼓舞，倍感振奋。

鲁迅先生有句名言，至今仍被奉为经典：“时间就是性命。无端的空耗别人的时间，其实是无异于谋财害命。”时间，对每个成年人都是一种稀缺资源。守时，是一种品质，是一种能力，更是一种境界。时间不是生活的答案，而生活的答案却藏在时间里。守时，不仅是对时间的珍惜，还蕴藏着一个人的眼界和格局。

生命不可能从谎言中开出灿烂的鲜花。

靠谱是一个人最好的名片，靠谱的人有担当，诚信守厚道。

靠谱是一种稀缺品质，它往往自带安全属性。与靠谱的人相处，不用猜疑、顾虑，不用提心吊胆。真正靠谱的人，始终以真诚之心，行信义之事，他们不轻易许诺，一旦点头答应，就一定会尽全力做到。诚信是一个人最好的底牌，是安身立命的根本。唯有以诚待人，人生的路才会越走越宽。

在 2019 年由普洱市人民政府主办的“助力普洱景迈山茶林文化景观申遗暨普洱茶健康中国对话会”高峰论坛上，我印象特别深刻的是茶叙期间被黄桂枢老先生亲笔题词赞誉为“最美茶人”的李娜和主席陈勋儒、市长刘勇等嘉宾分享的一句话：“人与人之间的相处，最好的方式是彼此安心。”一个“安心”包含了很多“信任”和“认可”，也是对彼此关系最大的褒奖和肯定。和靠谱的人在一起，他的人品和言行都能给你满满的安全感。在复杂多变的尘世中，只有相处安心的人，才值得我们托付真心。

古人常讲“一诺千金”“一言九鼎”，诺言不是一句空话，而是如金子一般贵重的东西。人活一世，唯有靠谱，才能帮助我们赢得别人的尊重和信赖；也唯有靠谱，才能让我们的福气越积越多，道路越走越宽。你若靠谱，则福气自来。作家池莉

张蓝心　2023.12 圣诞

说："靠谱，说起来简单，落下去复杂；听起来像感觉，做起来是原则。"靠谱的人，让人心安，做事讲分寸、守底线，全凭良心这杆秤，他不会套路你，更不会在一点蝇头小利面前丧失做人的本性，而是设身处地为对方考虑，彼此之间不用设防线，直来直去，相处得非常融洽、舒服。和这样的人同行，是一种福气。同时，这样的人是一束光，能带领我们冲破阻碍，驱赶颓废，一路向前。

国有靠谱必兴，家有靠谱必和，人有靠谱必贤。

靠谱是一个人最好的底牌，靠谱的人有底线，做事不掉链子。

古人云：“君子有所为，有所不为。”靠谱的人，做事有原则，凡事懂规矩，为人大直若屈。老话说，“人有千面相，品性各不同”。真正靠谱的人，有良心、有原则、有取舍、有底线。即使有利益的往来，也会设身处地为对方考虑，而不是只顾自己的得失。

一个人最大的破产，是信用破产；一个人最大的财富，是人品靠谱。靠谱的人，永远不会透支自己的信用，永远不会辜负别人的信任。你只有对别人做到不欺不瞒，别人才会对你予以肯定；你只有对别人做到不诓不骗，别人才会对你予以信任。我的多年益友知名学者尉迟先生曾感慨：经历了世间虚假，人情冷漠，就越发觉得和靠谱的人交往是一生难得的财富。和靠谱的人在一起，人生的每一步都会走得沉稳有力。在工作与生活中，我们都偏好和靠谱的人相处，因为这样的人遇到事情靠得住，在责任面前有担当，做事有始有终。常言道：“与凤凰同飞，必是俊鸟；与虎狼同行，必是猛兽。”经历越多，越发觉得，人这一辈子，能和靠谱的人同行，是一生的福气和财富。难怪有人说，靠谱是无往不利的一把剑，走到哪里都应该带着它。

张蓝心　2023.7.8

这世上聪明的人有很多，却不是每个人都靠谱。一个真正靠谱的人，未必是最聪明的，却一定是负责任，有担当的，一定是人缘好，值得深交的，一定是坚守底线，有原则的。

生长在山间的松树，千年常青；镌刻在鼎上的誓言，万年不改；铭记在心中的靠谱，永不凋零。余生，希望我们都能做个靠谱的人，既让别人心安，更让自己心安，给别人带来希望和力量，在这繁花似锦的世界活得美好而热烈，熠熠生辉。共勉！

人生最后，拼的是人品

底牌，是扑克牌游戏中，在决胜负的关键时刻亮出来的牌。做人做事同样需要底牌，身处低谷之时，可以构筑固若金汤的人生防线，绝地反击；在关键时刻，可以打造无坚不摧的成功利器，一击必胜。一个人最硬的底牌，不是金钱财富，也不是出身背景，更不是名气大小，而是人品。我们常说："欣赏一个人，始于颜值，敬于才华，合于性格，久于善良，终于人品。"《左传》有云："太上有立德，其次有立功，其次有立言。"此谓"人生成功三部曲"，也是人生的三个最高标准。其中，"立德"寓意一个人要修炼自己的道德品行，在"三立"中排在首位。由此可见，一个人最大的资本，不是立了多大的功勋，做了多深的学问，而是拥有良好的品性。人生最后，拼的是人品。一个人拥有怎样的人生，达到怎样的高度，取决于自己的人品。人品，就是人生的方向盘，只有把控好方向，才能把控自己的人生。

人品，是一个人最好的底牌；良心，是一个人最大的资产。

人活着，重在人品，贵在良心。良心，是我们为人处世的底线，是最贵重的黄金，是一个人最大的资产；人品，是我们生存于世最强的靠山，是最硬的底牌，是真正的富有。做事，良心比金钱更珍贵，只有人品端正才有福报。人若不善，心若不正，即使大富大贵也不会有福报。有良心的人，懂得知恩图报，不算计他人，落魄了会有人帮；重人品的人，讲究真诚相待，不坑蒙拐骗，求助了会有人信。没良心，为金钱谄媚他人，丢掉尊严，只会陷入孤立无援的境地；没人品，为利益向权贵低头，失去做人的根本，只会人人厌之、弃之。爱默生曾言：“品格是一种内在的力量，它的存在能直接发挥作用，而无须借助任何手段。”当身处高处时，人品会为你托底；当身处低谷时，人品是你向上的阶梯。

眼看他起高楼，眼看他宴宾客，眼看他楼塌了。世事无常，人品才是根基，没有人品托底，即使爬得再高，走得再远，也不会得到别人的尊重。人活一世，名利钱财都是面子，只有人品是底牌，面子可丢，但底牌不能轻易改变。能力差，可以慢慢培养，如果人品不够好，那么能力再强也是白费。钱财没了，可以再挣，若没了良心，就失去了立足社会的基础。人不一定要富贵荣华，声名远扬，但一定要活得清清白白、干

张蓝心　2017.11

干净净。昧着良心的人，就算他光鲜亮丽、家财万贯，也会让人敬而远之。

与资深人力资源专家京城金领丽人章亚琴初次相遇是在集团管理精英峰会上，章总关于领导力的观点至今令我记忆犹新。她说："领导者有三个基本错误是不能犯的，一是德薄而位尊，二是智小而谋大，三是力小而任重。"这个观点让我心

张蓝心　2015.12.17

悦诚服。是啊，人品有时候就像方向标，只有方向对了，你的努力和能力才能锦上添花；方向错了，即使能力再出众，也终究是一场灾难。有的人，看似八面玲珑，左右逢源，其实内心满是自私自利，贪得无厌，没有底线，得到多少都不知足，吃点小亏就翻脸。不厚道的人看似聪明能干，圆滑会来事，实则偷奸耍滑，机关算尽，占人便宜，抢人好处。人生是跌宕起伏的，三十年河东，三十年河西，人间百味，谁也无法保证自己一生尽是坦途，但是有一点毋庸置疑，一个具有优秀人品的"失败者"会有更多机会迅速崛起。反观那些平日里机关算尽，处处坑人，吃肉不吐骨头的卑劣之徒，在他们大厦已倾的时候，大都是树倒猢狲散，很少会有人打心眼儿里愿意伸出援手，去解他们的燃眉之急，不落井下石已是万幸。

从财务基层岗位成长起来的"源远流长""大管家"梁晓静就说过："我把人品排在集团高质量选人、用人标准的第一位，要求把讲原则、守底线、懂规矩等人品素养放在学历、创新、情商、执行等职业技能前面。"一个人一旦人品有了问题，就一定不能聘用。人都是有磁场的，人品好的人自带光环，能吸引更多美好的人和事，成就更好的人生；而人品差的人，就像一个黑洞，消耗自己，也伤害别人。人品虽然是无形的，看不见也摸不着，却是我们最应该坚守的底线。在人的一生，有些细微之事，其本身虽毫无意义可言，却具有极大的重要性。

张蓝心　2015.10

时过境迁，待回顾其因果关系时，才发现其影响之大，殊可惊人。这世上，所有好运都不是没有缘由的，可能是你不经意间的某个善举得到了回报，也可能是你的真心付出得到了回应。这些在当时看来可能只是无心之举，却在往后的岁月里成为你的好运和福报。

人品，是一个人为人处世的标准；良心，是一个人立足社会的根基。

人活着，说到底，拼的就是人品。好人品，会为你带来好运；好人品，会为你积攒福气。要想做人生的大赢家，一定要以人品为靠山，做一个有良心的人，以宽容之心待人，以义气之心处友，以慈悲之心立世，坦坦荡荡地过好余生。

我们总说世界不够美好，其实不够美好的不是世界，而是人心。人一生中会有各种各样的伪装，不忘初心，方得始终。这里的初心，就是一个人的良心和人品，心地善良的人，就是一束光，既照亮了自己，也温暖了别人。拥有良心和好的人品，是一个人行走世界最强的底气。

希腊诗人米南德说："人品好的人，自带光芒，无论走到哪里，都会熠熠生辉。"提起"源远流长"里最年轻的项目总监王静文，她的高情商和高智商都令人赞不绝口。认识王静文的人对她有着共同的评价：生活上标准的邻家女孩，青春阳光，豪爽率真；工作上暖心的知心姐姐，乐于助人，柔情似水。不论在生活中还是职场上，她都很懂得照顾别人，那种设身处地为他人着想的善良，体贴入微不动声色的关怀，足见她的修养和优秀品质。王静文让我们在细节里，看见了她美好的人品，而这就是她最闪亮的名片，灼灼芳华。一个人的品行影响着他人对自己的评价，也决定着自己的福报。古人云："厚德载物。"人只要有好德行，就没有承载不了的事。相反，人无德便无法成就大事。人活一世，做事容易，做人很难，不轻易丢弃人品这张底牌，在任何时候都能打一场漂亮的翻身仗。

小成就靠做事，大成就靠做人。真正聪明的人，往往都是以德取胜，以厚道之心待人，以真诚之礼服人。《菜根谭》里有这样一句话：“文章做到极处，无有他奇，只是恰好；人品做到极处，无有他异，只是本然。”我们常常以为，“人品”这个“高大上”的词只会出现在生死抉择时，其实并不是，那根植于骨子里的温暖和善念无须刻意，便使一个人的人品在一言一语、一举一动中自然流露和展现。“人”字一撇一捺，写起来容易，做起来却不容易。人品是检验一个人的标准。人品过关，即使能力一时不够优秀，也可以通过后天努力取得成就；而人品不过关，人生之路只会越走越窄，直到最后无路可走。

人品，是通往光明最有力的奠基石；良心，是护佑平安最如意的护身符。

中国有句古话：“一命，二运，三风水。”命运往往是冥冥中注定的，但风水可以改变。所有风水中，第一风水是人，而人的第一风水是心。知名学者、乡村振兴贡献奖得主李春林院长就曾在传承和弘扬中华优秀传统文化的京师大讲堂上分享《了凡四训》里可以改变命运的一句箴言：“一生一切福田，不离方寸。”方寸就是我们的内心，人心里包含了一切福田，这块福田是开拓耕耘还是荒废，全在我们自己。真正的好风水、好人生，其实就是我们内心的高贵。世间熙熙攘攘，人生悲喜

张蓝心　2023.6.10

自渡，解锁幸福的钥匙，不在别人的口袋里，而是握在自己的手中。人的一生，不过是自己成全自己，最好的心法不过 12 个字——“骨子坚强、品行干净、内心善良”。如果没有好的人品，就无法在世间立足。谁会相信并愿意接近一个臭名远扬的人？无品无德之人，只会遭人唾弃。一个人人品的好坏，决定了他的人生出路、人生轨迹，乃至人生命运。算计是一把刀，插在了信你的人心上，要多疼就有多疼。良心是一杯水，一旦浑浊就无法清澈。做人，就是尽本分、行好事，莫问前程。做个好人，准没错。

孟子说："仰不愧于天，俯不怍于人。"人在做，天在看。凭良心做人，才是善人；用人品做事，才是好人。人活一世，可以爱财，但不能不择手段去谋财；可以图利，但不能斤斤计较去算计；可以贪心，但不能昧着良心出卖人；可以无能，但不能伤天害理毁品行。名利再多，都是身外之物，昧着良心毁人品，所得的越多越会折损你的福报，最终只会让人唾弃和瞧不起，身边的感情哪怕再深也会消耗完，终成孤家寡人。为了那些虚无缥缈的幸福，赔上自己的一生，实在不值得。有道是："有德而富贵者，乘富贵之势以利物；无德而富贵者，乘富贵之势以残身。"

徐世昌说过："凡建立功业，以立品德为始基。"从来有学问而能担当大事业者，无不先从品行上立定脚跟。"做事先做人"，这是古人流传下来亘古不变的道理。做人有品德，做事有保证，立业有品格，是成功的必经之路。这个世道，有钱的人，未必得人尊重让人称赞；有权的人，未必受人敬仰让人钦佩；而有良心品行的人，一定有人对其心悦诚服，这便是最成功的人。正如杨绛先生所说："一个人的品德，才是才干的主人；而才干，只是品德的奴仆。"

自身的修为、精神的丰盈、内在的气度等都在定义一个

张蓝心　2021.7.12

人。修养和内涵不仅给人留下深刻印象，同样也能给人机会。只有构筑精神的高地，留存灵魂的底色，才有灵魂的原野郁郁葱葱，文明的河流碧波荡漾。根植于内心的修养，以约束为前提的自由，无须他人提醒的自觉，为别人着想的善良，这样的人品就是一个人的良心名片。请守好自己命运的最后一堵墙，那既是你的人品，也是他人与你交往的底线，更是你立足社会的根基。

莎士比亚说：“善良的心地就是黄金，灵魂最美的音乐是

张蓝心　2019.9 庆祝建国 70 周年

人品。”不管红尘中有多少聚散离合，不管浊世间有多少阴谋算计，都要坚守“源远流长”的人品初心与“岁月如歌”的善良。吉人，自有天相；心安，就会命好；善良，所以幸福。唯有人品，山河远阔，可立一生。共勉！

温暖别人，也是在温暖自己

追光而遇，沐光而行：太阳无言，光明磊落，温暖整个世界。

特别赞同河北保定青年才俊苗思明老师的一个比喻：这个世界就像一个巨大的保温桶，你若是冰冷的，这个世界就是冰冷的；你若是温暖的，这个世界就是温暖的。敷衍别人就是敷衍自己，而你温暖别人就是温暖自己。生命的丰盈源于心底无私，生活的美好源于拥有一颗温暖的心。我们能为自己做的最好的事情，就是为他人多做点好事。高尚情操和伟大人格都是先从温暖别人开始的，一个人温暖别人的能力有多大，人生的成就就有多大。温暖他人，温暖一切生命，接受温暖，传播温暖。在温暖中成长，我们会不断接近高尚和伟大。

人生如四季，总会遇寒冬。锦上添花的事好做，雪中送炭的事却并非人人都能做到。匆匆如旅，相逢即是缘，对我们好的人，值得我们用心铭记。珍惜对我们好的人，就是在心里装着阳光。只有下雨了，才知道谁会给我们送伞，谁只会口头寒

张蓝心　2023.7

暄；只有遇事了，才知道谁是真心的贵人，谁只是看热闹的观众。情感不在多，贵在风雨同行。相逢已属不易，相守更是难得。所以，请记住那些对我们好的人，他们都是上天赐给我们的礼物，让我们感受到人生路上最真的情，他们是我们心灵深处最温暖的伙伴。

我听过很多震撼人心的诗歌朗诵，“行政之花”郭蕊在2019 年新春晚会上的完美演绎，令我至今印象深刻，尤其是那句：“生命本是一场厚赐，一花一草、一人一事，皆是最好的安排。”这是多么充满哲学思想的文字，多么充满人性温暖的语言。心怀感恩，珍惜工作，温暖同事，努力奔跑，职场中的郭蕊就是这样阳光灿烂的人。遗憾的是，现实中总有些人记不住别人的好，却将别人的不好悉数记在心中。这个世界并不亏欠我们，一句谢谢、一次回馈，不仅是礼貌，也是一份尊重与善意。好的关系，始于温暖，久于感恩。没有人必须无条件忍受你一张没有笑容的脸。请放低姿态，有时候弯腰也是一种生活的智慧，饱满的稻穗总是弯着腰的。这让我们懂得，越是功德圆满的时候，越要低调、越要温柔，努力活出自己的一身阳光，既照耀他人，也温暖自己。这个世界上并不是人人都懂“良心”和“温暖”的真谛。纵使你有千般好，只要有一个不好，就会推翻你所有的付出；哪怕你为其倾尽所有，掏心掏肺，只要有一次过错，就会揪着不放。这类人，你帮他一百次从不记恩，但有半次不帮就记恨在心，永不释怀。有句话说得好：“世上真心对你好的人不会很多，一个也别弄丢了。”毕竟，弄丢了可能就再也找不回来了。人生最大的遗憾，不是错过了最好的人，而是错过了想对你好的人。古人云：“滴水之恩，当涌泉相报。”有一种心安，叫念人恩；有一种轻松，叫忘人过。只有学会感恩，你的格局才会越来越大，人生之路才会越走越宽。利己，是小聪明；利人，是大智慧。人生路上，会遇到无数坎坷挫折，将心比心，对他人保持一种善良，既是对他人的宽恕，也是自己生命视野的开阔。

《论语》有云：“己所不欲，勿施于人。”这个世界很大，人与人之间之所以出现误解，多半是因为做不到感同身受。凡事只从自己的角度理解，只会让彼此的心越来越远。不如多一些宽容，让琐碎和怨恨远离我们，让我们的心胸更加开阔。真心最是不易，记住那些对我们好的人，别让怨气占据了相知的时间。揪着别人的不好，只会换来无尽的纠结怨怼，造成严重内耗。我们渴望这个世界的美好，也渴望他人对我们温暖以待，但人生在世最重要的一个学问就是反求诸己。这世上，没有无缘无故的爱。有些人选择对我们好，不是因为义务，而是因为在乎。与其落花风雨更伤春，不如怜取眼前人。爱出者爱返，福往者福来。用爱对待别人，别人也会报之以爱；把信任送给别人，别人也会回馈信任。朋友之间，多想想对方的帮

张蓝心　2023.6

助，友谊才会坚固；亲人之间，多念念对方的付出，家庭才会和睦；爱人之间，多记着对方的可爱，感情才会长久。所有美好的关系都是建立在一种良性而又和谐的互动基础上。真正的情感更应该是这种良性的互动，你温暖我，我照耀你，彼此携手共同奔向遥远的前方。

天地之间和为贵，万物之间善为美。宇宙守恒的法则告诉我们，我们给予和付出的，终有一天都会回到我们身上。能在这个世界上与一个温暖的人相遇或是拥有一份温暖在身边的人，一定是一个善良的人。善良，是生命的底色，是生命本来的样子，是盛放在心田的最美花朵。你若善良，则温暖必伴行左右；你若善良，则福报必如影随形。我们没办法要求他人，但可以让自己多一些喜乐心、多一些慈悲心。要始终相信：种瓜得瓜，种豆得豆；种善因，得善果；赠人玫瑰，手有余香；帮助他人，快乐自己；君子坦荡荡，小人长戚戚。善良和温暖从来都是结伴而来的，当你心存一份善意，能设身处地为他人着想时，你的话语就会变得温暖，温暖也会成为你人生路上最好的修行。总有一天，你所有的善良和温暖，会以另一种方式归来，闪耀着永恒之光，让短暂的生命绽放异彩。

人生总有猝不及防的未知与迷茫，也会有不期而遇的温暖与美好。每份温暖都是生命的光亮，温暖他人，惠及自己。笑容能驱散阴霾，真情能融化寒冰，让人温暖，永远是一个人最高级的教养。“温暖”两个字，读起来就让人唇齿间暖意盎然。温暖的人，具有朴素纯净的灵魂、简单安然的心灵；温暖的人，明媚而不耀眼，温柔又坚韧，由内而外散发着让人舒适、愉悦的气息。与温暖的人同行，单调的风景会充满诗意，平常的日子会充满温馨，内心深处会不由自主地生出欢喜，只觉得光阴生香，岁月静好。

心存希冀，目有繁星：月亮无声，清辉坦荡照亮永寂黑夜。

我们在为梦想奋斗的路途中，不可能都是晴天暖阳，还有很多时候是疾风骤雨，我们个人的力量抵挡不了这个变幻莫测的世界。恰巧这一路，还有许多人和我们同行，或许我们只是擦肩而过，或许我们只是同行一段，或许我们能同行到终点。无论哪种情况，都不要冷漠对待，不要寒气逼人。不管是自己，还是他人，都需要一颗温暖的心。在这条道路上，我们都是生命的流浪者，渴望温暖的生命。我们穿梭了无尽黑暗，害怕寒冷的侵袭。我们渴望彼此的温暖陪伴，让我们在流浪中有一丝丝情动。我们需要一个安宁融洽的世界，容纳并温暖彼此，丰盈彼此的精神世界和情感世界，包容彼此的不足，给予彼此依靠、希望与温暖。

“源远流长”中最是知性优雅的云普歌者史雨生曾在“文

张蓝心　2022.8

化强国茶文化青训营”上分享了青年作家刘同在《向着光亮那方》里的一句话，令人感同身受：“当一个人需要光亮的时候，他是积极的；当一个人找到光亮的时候，他是无畏的；当一个人追逐光亮的时候，他是可敬的；当一个人给予别人光亮的时候，他是温暖的。”当一个人意识到自己需要光亮时，说明他不想继续在黑夜里沉沦。无论自身处于怎样的困境，陷入怎样的低谷，只要心向光亮，就是积极的，就有希望走出困境、走出低谷。一个长期活在阴霾之下，感受不到幸福和快乐的人，就像走在一条看不到尽头的夜路上，没有光亮、没有温暖，只有恐惧和彷徨。

明处一塔，不如暗处一灯。即使是微弱的一丝光亮，也能驱散他人心中的一点黑暗。在这个世界上，温暖是一种十分可贵的东西，尤其是那个懂自己内心世界，并能给自己带来温暖的人更是难得。让人感受到温暖，是一种能力。一个人的顶级魅力，不是一见倾心的外表，而是独一无二的人品，刻在骨子里的教养，发自心底的真诚和善良。内心温暖的人，并不是没有被生活吊打过，而是品尝过酸甜苦辣，仍能保持一颗与万事万物和解的美丽心灵；经历过悲欢离合，仍能保持一种随时随地重启的阳光心态。善良遇见了温暖，便是人间绝配。那些令人感受过的温暖，都会成为内心积蓄的力量，助力我们对抗人生路上黑暗迷惘的时刻。

人生时有风云，天气阴晴不定，我们要学会向阳、向暖而生。坚守内心的善意，于淡泊里放逐温情，让平凡在寻常渺小里熠熠生辉，感受生命里的美好，对生活满怀热爱，对未来充满期待，赠予余生岁月激昂与慷慨、慈悲与善待。

青山灼灼，星光杳杳，景迈春香，烟火日常温暖云悦初心。

即使说不出违心的祝福，也不必怀有怨怼，尊重自然而然发生的事，追随人性的本质，剔除灰暗与恶意，保留感恩与善意。如此，心如水般澄明如镜，世间风物映照闲美，世界美好和谐！尘世朝暮里来去，有光的地方，总会多些希望，伴随好事发生。在晚星的遗韵里，有人踏一程晓月而归，天上的一朵流云，草上的一滴晨露，都隐藏着不为人知的深情，深邃的眸光和美好的灵魂一样值得相遇。自然界的声响如此轻微，又如此相知相契。

生活难免会有高低浮沉，岁月总会有寒来暑往。在你善良的生命中，总有一个人在风雪时与你同行，在坎坷时相伴左右。生命中寒凉刺骨的风浪，在他们的陪伴下，变得暖意融融。请相信，这个世界上，总有一个人温暖你的生命。人生总有不期而遇的温暖，这些温暖汇聚成一条河流，在我们的心中激荡出爱的浪花。只愿人生处处有温暖。

与温暖的人相处，会让我们不惧任何艰难险阻，继续勇往直前，到达温暖的彼岸；与温暖的人相处，会把温暖扎根在我们心中，让我们更加珍惜生命、热爱生命，活出生命的温度，散发生命的光彩。

张蓝心　2022.8

张蓝心　2021 冬

此生，做一个有温度的灵魂，用最温暖的心，相拥每一个擦肩而过的人，用温暖的心爱自己、爱他人、爱万物、爱一切，让世界永远与温暖相伴，这是“源远流长”的初心。

只有心中有温暖，生活才会秀丽。萤火之光，愿为其芒，这是“天高云淡”的理念。愿你活成一束光，温暖且柔软，美好且谦逊，照亮自己，也温暖别人。共勉！

因为热爱，所以坚持

“天高云淡”云雅集私董会曾对包括企业家、创业者、知名学者、企业高管，以及自由职业者等各行各业的高成就人士进行深度访谈，“挖掘”他们成功的窍门。在这个过程中，“天高云淡”云雅集私董会惊讶地发现了接受访谈的上百位精英嘉宾的共性，就是这些世俗意义上的成功人士在谈到他们成功路上最重要的决定因素时，提及频率最高的一个词竟然是“热爱”。他们不约而同地表示，是热爱成就了他们的卓越。“热爱”这个词很常见，听上去就像成功学，以至于我们大多数人会对此付之一笑，不以为然。然而，这真的不是成功学，“热爱成就卓越”是一种规律。规律和经验不同，经验可能带有个人局限性，换个人就成不了；而规律是普适的，是组织运转和个体发展的法则，对于多数人都有借鉴价值。成功规律显示，无论你专注一个领域，还是斜杠生活方式，基本的驱动因素都是热爱。

因为有雨果对《巴黎圣母院》的满腔热爱，所以我们才能欣赏到艾丝美拉达以一滴水换一滴眼泪的人性中的大美，才能体会到卡西莫多愿意为爱化为尘土的执着；因为有凡·高对艺术近乎偏执的热爱，所以我们才能感受到他笔下那如火焰般盛开的向日葵吐露出的热情，才能欣赏到他笔下那深邃的夜空中旋绕的星月；因为有伽利略对世间万物自然法则的热爱，所以才会有比萨斜塔上铁球将封锁真理千百年的桎梏砸碎的壮举，物理学才会被推进一个崭新的阶段。

正是因为热爱，所以我们在奋力走向自己的目标。纵然很难成功，也无怨无悔。热爱，是一种珍贵的情感，只有热爱生活，才能活出生命最美好的样子。日复一日单调地活着，只是一种生存状态，而人生的精彩远不止生存，是对生活的那份热爱，带领我们去探索更广阔的天地。只有真正的热爱，才能让我们欣赏到世上多姿多彩的别样风景；也只有真正的热爱，才能让我们创造出属于自己的世界。

世上唯有一个真理，便是忠实于人生，并且热爱人生。

——罗曼·罗兰

林语堂说：“人生必有痴，而后有成。”蒲公英痴迷大地的广袤，于是收起行囊四处漂泊；飞蛾流连光线的温暖，于是奋

张蓝心　2018.10.14

身奔向那一簇火光；飞鸟执着蔚蓝的天空，于是盘旋于上永不停歇。因痴，它们收获了自己的精彩。人亦如是，必先有痴，而后有成。何谓痴呢？正是热爱。热爱是一个人内心最深沉持久的力量，它不是心血来潮的一闪念，也不会因为季节更替而稍纵即逝。相反，在历经时光的考验和洗礼后，它依然能让人从中汲取营养，直面困难不放弃，跌倒后勇敢站起来，抖擞精神再出发。

我听过这样一句话：“成年人的心事，都留在夜深人静时。”我们无从得知，那些看似云淡风轻的外表下，藏着多少不为人知的酸楚，扛着怎样沉重的行囊。但因为热爱，纵使前路荆棘丛生坎坷遍布，也会在跌倒后爬起，拭去脸上的血水，咬着牙前进；因为热爱，纵使前景黯淡面临深渊，也会点起心中的明灯沉住气探寻。在坚如磐石、不可阻挡的热爱面前，困境与挫折会显得软弱无力。“盖文王拘而演《周易》；仲尼厄而作《春秋》；屈原放逐，乃赋《离骚》。”司马迁身受刑辱而创作出皇皇巨著《史记》，原因无他，只缘于一个词，那就是“热爱”。可以说，热爱既是一种人生态度的专注与纯粹，也是一种理想的态度与能力，更是一种成功路上不可或缺的精神支柱。

非常推许“年度新锐青年领袖”孙西艳竞聘时激荡人心的一句演讲：“我想要在热爱中度过这一生，因为我觉得热爱就是滚烫的。”虽然过程会很辛苦，可能充满了荆棘和坎坷，但因为热爱，所以不会轻言放弃，也唯有热爱，可抵挡岁月漫长，不畏世间无常。热爱生活不仅是一种生命姿态，更是一种生命能力。人的生活没有一帆风顺的，都会经历曲折坎坷，一味埋怨并不能解决问题，只要保持良好心态，就没有过不

张蓝心　2017.1

去的坎、战胜不了的困难，一切都会得到解决。拥有热爱和追逐的能力，就是生活给你的最好馈赠。井上雄彦说过：“如果热爱与众望所归背道而驰，那我选择我所热爱的一切。”你一定要站在自己热爱的世界里闪闪发光，成为最骄傲的那个自己。

我认为，对一切来说，只有热爱才是最好的教师，它远远胜过责任感。

——爱因斯坦

中国最后一个纯粹的文人京派作家汪曾祺说：“人总要待在一种什么东西里，沉溺其中。”这种沉溺其中的东西，就是热爱。国学大师曾仕强说：“当你做哪一件事很兴奋，使你感觉到很有价值的时候，那就是你这辈子的任务。”热爱，就是检验价值的试金石，就是找到任务的那把钥匙。因为热爱，所以让坚持和努力有了意义；因为热爱，所以能体面地与苦难握手言和。只有心中有热爱的梦，眼中才有奋斗的光。如果只是一味地跟着梦想走，一旦遭受挫折，丧失热情，你就会迷失自己。请忠于你的热爱，奋斗过、努力过，即使不能遂人愿，你也会敬畏那个曾经输掉的自己。你会对自己说：多好啊，我那么勇敢而努力地热爱过，再看看现在呢？我依然这么执着地热爱着。最好的结果，不过是到老还做着自己喜欢的事。

我特别欣赏的杨洋老师原是中国传媒大学播音与主持艺术专业的高才生，毕业后在主持领域已经小有成就，天缘凑巧他与茶不期而遇。从零起步，他用很短时间攻克了评茶师和茶艺师两座茶世界典型的“山头”。试想，如果没有一份执着的热爱，谁会在一件并不擅长的事情上与无趣死磕？若无热爱，怎会坚持。坚持的每一秒都很累，而热爱就像照进生命中的一束光，让我们的人生充满想象、充满希望。岁月悠长，勇敢地追随你内心的热爱，相信自己的点点滴滴都会连接未来，相信自己所有缘于热爱的付出终将让自己与众不同。

张蓝心　2017.9.17

很多时候，或许不是生活欠你一份精彩，而是你欠生活一份热爱。一个人，拥有追逐热爱的能力，就是生命最好的馈赠。热爱，是所有的理由和答案，热爱让你成了自己。坚持你的热爱，前路虽未知，但一定很酷，并且它会让你的未来充满无限可能。因为，热爱能让你不惧前路漫漫，能让你不畏岁月漫长。

我们在热爱世界时，便生活在这世界上。

——泰戈尔

婆娑世界，滚滚红尘，人生海海，山山而川，不过尔尔。即使命运多舛，岁月沧桑，也要心中有梦想，眼里有光芒，只有这样才能坦然接受人生路上的崎岖不平、创伤疼痛。花不可无蝶，山不可无泉，人不能没有热爱。唯有热爱，才有动力前行，才不枉在这世上走一遭。人活着一天，就要选择那种滚烫的人生。热爱，就是心中的一团火，会发光发热，照亮前路，温暖自己。

热爱是阳光，是坚持的动力；热爱是能量，是奋斗，是圆梦的阶梯。热爱是一种无穷的力量，直射心灵，通畅透亮，让人心情愉悦，精神无羁绊，勇往直前。在这个平凡的世界里，因为热爱，每个人都是生活中的英雄。热爱，会给人源源不断的力量，奔赴心中那片理想的星辰大海。

“源远流长”中最热爱生活的俊俏青年武玉娇就非常喜欢作家罗曼·罗兰说过的一句话：“世上只有一种英雄主义，就是在认清生活的真相之后，依然热爱生活。”生活在很多地方设置了阻碍，在经历了跌宕起伏后，终究还是会坚持下去，后面的阳光仍旧灿烂。我发现，不少人在告别过去时，心底的那点火花依然闪烁、依然无瑕，这或许就是始终维持着对生活的

张蓝心　2018.8.13

热爱。杨绛先生曾说：“人生实苦，唯有自渡！”人的一生总要面临各种境况，因此不能辜负自我。负能量给不了你正能量的人生，我们应该让自己充满正能量，积极乐观，心存美好，心中向阳。岁月漫长不可怕，只要有喜欢做的事情，有对生活的热情，就可抵御孤独寂寞的侵蚀。找到你热爱的事物，享受生命里的每一刻，就是对漫长岁月最好的珍重和回馈。人的一生过得怎样都是由心态决定的。因为热爱，所以我们能忍受生活中的不易，在逆境中看到生机。心中有热爱，眼中自会有光芒。因为热爱，所以所有坚持和努力都有意义，所有平淡的日子变得美好可期。热爱且有趣，安静且踏实，温暖且美好，不疾不徐，云淡风轻，这就是玉娇妹妹最好的人生状态，也是一个女人该有的理想生活。

一个能升起月亮的身体，必然驮住了无数次的日落。世界很大，大到我们穷其一生也无法看清它的全貌；世界很小，小到我们日复一日周而复始地只有眼前。时光很匆忙，热爱让我们在波澜不惊、不卑不亢的平凡生活中心怀浪漫宇宙，珍惜人间日常。奔赴在未来的道路上，我们有着生生不息的热爱，如星灿烂、如风自由。心中有热爱，眼中有光芒。追求缘于热爱，热爱成就追求。虽人生漫长，晴雨交加，但若心怀热爱，即使岁月荒芜，也能奔赴山海，静待一束花开。

千秋邈矣独留我，百战归来好读书。

张馨月　2017.3.24

千秋邈矣独留我，百战归来仍少年。

千秋邈矣独留我，百战归来酒尚温。

世上有不绝的风景，我们有热爱的心情。愿你我愉悦在路上，有滚烫的血液，有澄净的眼神，有仰望星空的诗意，有脚踏实地的坚定，永远炙热、永远青春、永远热泪盈眶，在自己热爱的人生里天地阔远，星河灿烂。

热爱，让奇迹持续发生。共勉！

健康，是一种责任、一种义务、一种爱的境界

俗话说“病来如山倒”，这句话道出了疾病对人体乃至家庭的破坏力。记得参加云爱公益行时，在西部县城流传着一句话：“中病输掉一头牛，大病卖掉一栋楼，辛辛苦苦几十年，一病回到解放前。”网上也有一句很流行的话：“击溃一个中年人，一张体检报告就够了。”的确，一张确诊书，不仅敲碎了个人对生命的憧憬，更是打碎了整个家庭的幸福，患者在医院里病痛难熬，家人在医院外四处筹钱，也只有到这时才知道健康多么可贵。病倒一个人，垮掉的是整个家。央视财经频道曾经报道：现在很多家庭“十年努力奔小康，一场大病全泡汤”。

钱花完了，还有可能再赚；职场失意，还有可能东山再起；若身体垮了，就只能悔不当初了。经济学家形容得好：你的身体是“1”，而财富、名声、地位、理想等外在条件都是“0”。健康是实现人生一切可能性的根基，没有健康，生活中

张蓝心 2016.4

张蓝心　2026.1

的美好都是一场空。身体可以不是第一，但它是唯一。叔本华曾说，人生最大的错误，就是用健康换取身外之物。人的破产往往不是败于财富，而是败给了健康。

人生在世，总有百般不易。千好万好，活着最好；千贵万贵，健康最贵。唯有活着，才能乘风破浪追寻梦想；唯有健康，才能不负遇见守护情长。不要等到躺进病房，才思考生命的意义；不要等到药液流进身体，才醒悟健康不是儿戏；不要等到生命开始倒计时，才明白人生太多来不及。你的健康不仅是你自己的，还是你的家人和家庭的。“不连累生你的人，不拖累你生的人！”留爱，别留债。有一种幸福，叫家里没病人。健康，是一种责任、一种义务、一种爱的境界。

古人曾说：“夫人寿之短长，元气之所禀也。元气有厚薄，不善育生者，虽禀气厚，滥用而戕贼之，亦足以促寿。”意思是，人的寿命长短取决于元气的厚薄，但是即使元气厚，滥用无度也会折寿。当今社会高速发展，竞争日益激烈，人们生活水平得到提高的同时，健康问题也日益凸显。市场不断地刺激，高消费，巨大的生活压力，让很多人长期处于紧张忙碌状态，无心关注自己的身体状况，大多数人身体处于一种亚健康状态。近年来，因过度劳累猝死的新闻屡见不鲜，“过劳死”甚至成为一个人们耳熟能详的概念，足见这一问题已经到了多么严重的地步。

很多人认为，年轻时，就是要多付出、多挣钱，这是对家庭多负一些责任，却往往忽视了最重要的一点——健康才是基础和第一位的。因为，健康不是一个人的，而是爱人、父母、子女、兄弟姐妹这个大家庭的。很少有人会想到这一点，于是才酿成了那么多的悲剧。纵然有压力和不得已的因素，若自己有所重视和自我调节，也不会这么严重。健康是一种责任，大多数人并不明白这一点。人生于世，并不是独自而活，而是以家庭作为单位，一个人的健康既是自己的，也是家庭的，一旦健康出了差错，就会牵连甚广，家人更是痛上心头、叫苦不迭。当我们看到那些苦难的人，因为一场大病而使自己的家庭困顿不堪的时候，百感交集，因病返贫的故事也时常回荡耳边。我们要算清楚人生的一笔账，年轻时严重透支自己的身体，可能对自己的后半生来说就是一种入不敷出，看似得到不少，实则失去更多。因而，每个人的一生，都要全盘考量，不透支身体，不拼命换钱，即便不能摆脱辛苦劳作，也要懂得呵护健康，将对身体的损害降到最低，这就是最好的生存哲学。

一个人在遭遇大病时，最可怕的是有钱却不能治愈。到那时，即使有再多的钱也没有意义了。保持身体健康是每个人的责任，而要承担起这个责任，就要充分认识健康的重要性。只有失去健康时，你才会知道它有多么珍贵。一个人失去健康，疾病缠身，不仅自己难受痛苦，还会给家庭带来很大的负担。

张蓝心 2016.3

养育子女、赡养老人、工作事业等重大责任，都将成为空话。在工作生活中，珍惜身体健康，保持健康的生活方式，是对家庭真正负责任的表现。只有这样才能更好地承担起自己的责任，拥有幸福的人生。

东西丢了还能找回来，唯有健康丢了就永远找不回来了。很多人在拥有健康时不将其放在心上，等到失去后才追悔莫及。虽然拥有健康不等于拥有一切，但没有健康就等于失去了一切。健康是一个空心玻璃球，掉到地上就碎了；而我们的工作是一个皮球，掉到地上还可以弹起来。健康是一条单行线，每个人都要认真对待它。当身体出毛病的时候，你就会发现，让你烦恼的其实都是小事，根本不值一提。

那些经历过大病的人，往往活得更明白了，因为他们在生死边缘挣扎过，真正领悟了。人生除了生死，都是小事，健康地活着，比什么都重要。只有撑到最后的人，才会是最终的赢家。世界如此精彩，不能活得久一点，如何感受这大千世界的瑰丽堂皇，如何和家人朋友一起展望美好明天呢？

预防大于治疗，今天不舍得花钱预防，以后会花更多的钱治病。因此，我们要合理安排时间和精力挣钱，把心思用在提高工作效率和工作方法上。你挣的钱，就算拿出一半也要买健康，享受生活。凡事没有绝对，一定要趁年轻未雨绸缪，不要最后把钱都留给医院，得不偿失，既拖累家人，也无益于自己！

从现在开始，如果爱自己、爱家人，就改变自己的不良习惯，在身强力壮时关注自己的健康，多保养、多调理、多运动，培养良好的生活习惯，保持健康的精神状态。

人这一辈子，最重要的就是健康地活着。唯有活着，才有希望；唯有健康，才有出路。活着是一种幸运，健康是一种责任。健康是一个人最大的底牌，没有健康，一切都是过眼云烟。你自己和家庭的命运，都掌握在你的手里。

健康，是一种责任、一种义务、一种爱的境界。

日出东方催人醒，怎及晚霞悦吾心。
倘若南风知我意，莫将余晖落黄昏。
若是长情常相伴，源远流长向星辰。
愿能与君相濡沫，天高云淡眷知音。

心晴，雨也是晴；心雨，晴也是雨

人生总会遇到不如意的事，生活也总有不开心的事。人的一生，总有一些我们不愿发生却必须接受的事，就像总有些人，我们极为不舍，却必须学着放手；总有些东西，我们不想知道，却必须了解，就像总有些时间，我们不希望它流逝，却发现根本无法阻挡。

逆风而行，虽步履维艰，但沿途看到的风景却更加秀丽；命运多舛，虽荆天棘地，但迎风奔跑的样子却真的很好看。一切过往，皆为序章，人生没有过不去的坎，只有过不去的自己。与其抱怨，不如勇敢改变！不开心的时候，不妨问问自己，为什么不开心，是自己的错还是别人的错？如果是自己的错，那么改正就好，没必要跟自己过不去；如果是别人的错，与己无关，更没必要浪费自己的精力。人生不如意事十之八九，与其终日愁眉苦脸，不如学会自我调节。正如智者段洪博所说："心晴的时候，雨也是晴；心雨的时候，晴也是雨。"心态好了，烦恼就少了；心态不好，处处是苦恼。

遇事时，计较不如释怀。

生活中，难免会遇到不顺心的事。有的人，事事爱计较，凡事挂心上，殊不知这样只会让人身心俱疲、烦恼丛生。古话说：“天下本无事，庸人自扰之。”再小的事，你若计较，也会耿耿于怀；再大的事，你若淡然，也不过尔尔。

传说远古时期，有一位力大无穷的英雄叫宁神。有一天，他在山路上行走时，发现路中间有个袋子似的东西很碍脚，便踢了它一脚。谁知，那东西不但没被踢开，反而膨胀起来。宁神有点生气，又狠狠踩了它一脚。结果，那东西又膨胀了许多。宁神恼羞成怒，抄起一根粗木棒狠砸起来，那东西更是加倍膨胀，以致最后把路都堵死了。

这时，山里走出来一位白胡子长者对宁神说：“小兄弟，快别动它，忽略它，离开它远去吧！它叫‘仇恨袋’，你若不犯它，它便小如当初；若你的心里老记着它、侵犯它，它便会膨胀起来，挡住你前进的路，与你对抗到底！”

事情的大小，有时候不在于事情本身，而在于我们的心态。心大一点，事儿就小了；心宽一点，烦恼就少了。不斤斤计较，懂得释然，保持一颗宽容平和之心，是遇事时聪明的处理办法。生命中有许多你不想做却不得不做的事，这就是责任；也有许多你想做却不能做的事，这就是命运。医书有云，最好的灵丹妙药有两个：一个是开心的笑容，另一个是睡个好

张蓝心　2016.5

觉。你之所以觉得时间一年比一年过得快，是因为它对你一年比一年重要。有喜有悲才是人生，有苦有甜才是生活，再大的伤痛，睡一觉就把它忘掉，老是背着昨天会累坏自己。能治愈你的，从来不是时间，而是明白。

苏轼在《前赤壁赋》里有一句话："惟江上之清风，与山间之明月，耳得之而为声，目遇之而成色，取之无禁，用之

张蓝心　2017.3

不竭，是造物者之无尽藏也，而吾与子之所共适。”面对人生中的重大变故，愁绪难解，苏轼选择忘掉自我，返归自然，把自己有限的生命融入自然，以此换来生命的洒脱和快乐。所以，真正的快乐，是忘我、是释怀，是一种与万物融为一体、无拘无束、自由自在的境界。

失意时，生气不如争气。

生活中遇到意难平的事情，与其闷闷不乐，不如着手处理；与其火冒三丈，不如及时补救。

战国时期著名的纵横家苏秦，早年游说六国失败后十分落魄，他心灰意冷地回到家中，谁知家人都对他冷眼相待。苏秦没有发脾气，也没有怨怼，而是反省自己的过失。他决心闭门读书、潜心学习，于是就有了锥刺股的故事。后来，苏秦终于学有所成，成功游说各国合纵。

印象特别深刻的是，张雷在写给儿子诚玮的书信中有这样一句话："我几乎从来不生气，因为我认为没必要，有问题就去解决，不要让别人的错误影响自己。"的确，发脾气是一种无用的消耗，解决不了任何问题。一个人真正成熟的表现是，在生活不如意时，收敛自己的脾气，不在情绪上论高下，而在能力上争输赢。烦恼天天有，不捡自然无。人生很短，没必要同生活计较。当你伤心难过的时候，仔细想一想，生命只有一次，短暂且无常，生气气坏身体，哭泣哭肿眼睛，你这么做，谁会心疼你？当你颓废消极的时候，回头看一看。坎坷，经历过了；苦难，感受过了。你付出了、努力了，即使失败也没什么怕的，至少问心无愧，大不了东山再起。

生活中的很多烦恼，常常是自己带给自己的。强者不易怒，弱者常抱怨。正所谓："山有山的高度，水有水的深度，没必要攀比；风有风的自由，云有云的温柔，没必要模仿。"每个人都有自己的姿态，因此别再一味抱怨他人。古人云，"敬人者，人恒敬之"，相同地，"怨人者，人恒怨之"。你在感叹生活不如意时，想想那些生活在战火纷飞国家的人，就会明白，自己习以为常的可能正是他人羡慕不及的；你在为了琐事烦恼时，想想自己还幸福地活着，还能感知人间的美好，不就是最大的拥有吗？

钱财名利，生不带来死不带去，烦恼忧愁也终会成为往事。既然开心是过，不开心也是过，那么为何不选一种积极乐观的生活方式呢？人啊，话多了伤人，想多了伤神。与其伤人又伤神，还不如清净自在不烦神。

“源远流长”中的哲人苗思明老师也说过这样的一段话：“当你烦恼的时候，想想人生就是减法，见一面少一面，活一天就少一天，还有什么好烦恼的呢？不念人过，不忘人恩，不思人非，不计人怨，对得起自己的良心就好。”

凡事看开点，看人短不如看人长，计较太多不如舍得更多。与其盯着别人的生活看，不如多反思自己的言行。

凡事看轻点，其实你担心的很多事根本不会发生，到头来不过是庸人自扰一场空。与其这样，还不如好好珍惜当下，以后的事以后再说。

凡事看淡点，有些东西不属于你，就别太执拗，多想想自己拥有的，少纠结不值当的细枝末节。对于自己拥有的一切都应该感恩，尤其是时间

张蓝心　2022.9

张蓝心　2017.11

和生命。

很多时候，换个角度、换个心态，想明白了，烦恼自然就少了。你要明白，时间宝贵，不能用来哀愁；人生短暂，不能拿来浪费。不开心的时候，看看这段话，告诉自己：我可以不完美，但一定要真实；我可以不富有，但一定要快乐！所以，当今社会流行一句话：不是你现在拥有多少钱，而是你还能活多少年。

身处低谷时，抱怨不如改变。

有这样一个故事，一只骆驼在炎热的沙漠里长途跋涉，又累又渴。它边走边嘟囔，一会儿抱怨不能像牛羊一样享受鲜嫩多汁的青草，一会儿咒骂太阳像火球。于是，它愤懑地朝前踏了一大步，没想到一脚踏在了玻璃碎片上，脚被划破了皮。

焦躁的骆驼觉得自己倒霉透了，它生气地将碎片踢了出去，却不小心在脚掌上划了更大一个口子，它只能一瘸一拐地朝前走。很快，伤口的血腥气味引来了猎食动物。最终，号称“沙漠之舟”的骆驼倒在了沙漠里。

这个故事值得我们深思，因为很多时候我们就是这只骆驼。

以为世事皆在刁难自己，所以一直抱怨自己的不如意，觉得全世界都在与自己作对。遇到一点点不顺心，就心灰意冷；面临一丝丝挫折，就萎靡不振。殊不知，越爱抱怨，生活越糟糕。抱怨是一味毒药，会消磨人的意志、放大人的沮丧，使人到头来一事无成，受惩罚的只会是自己。

很喜欢张腾老师课堂上经常引用的一句话：“如果生活抛给你一个柠檬，那么你可以把它榨成汁，然后加点糖。”处在人生低谷时，与其怨天尤人，不如努力改变。如果只顾着抱怨，那么心里、眼里皆是糟糕的事；如果试着改变，那么在苦里、难里便能看到转机。

张蓝心　2023.6

生活的强者，不是一路顺风顺水，而是在路难走时把心态调整到了最好的状态。遇事时，不斤斤计较，懂得释怀，前路便会畅通无阻；失意时，不生气，学会争气，经历的磨难就是成长；低谷时，不抱怨，试着改变，每一步都是向上的路。生活是公平的，你攀登过多少高山，就能见到多少风景；你开垦过多少荒地，就能有多少收获。与其怨天尤人，不如奋起直追。接受现状，停止抱怨，一步一个脚印，一点一点改变，便能到达自己想去的地方。

人生，只有今生，没有来世，人生的每一分、每一秒都是弥足珍贵的。不要以为时间还早，年纪还小，生命很长，过了今天还有明天、过了明天还有后天，谁都不知道意外和明天哪一个会先来。一场疫情，提醒你我：自己，才是最宝贵的财富。自己即使再差，也是独一无二的；即使再平庸，也是无可替代的。好好爱自己，只有自己安好，家人才能放心；只有自己无恙，才能照顾家人。累时歇一歇，随清风漫舞；烦时静一静，与花草凝眸；急时缓一缓，同自己微笑。在繁忙纷杂的生活中，只有舒缓、自然、惬意才是生活该有的样子。

往事不回头，余生好好走。蓦然回首，才发现，人活着是一种心情，穷也好，富也好，得也好，失也好，一切都是过眼云烟。人生没有目的，只有过程，所谓的终极目的是虚无的。就像树一样，它越想向高处和明亮处生长，它的根越要向下，向泥土、向深处。飞得越高，我们在那些不能飞翔的人眼中的形象越是渺小。你想想，不管是昨天，还是今天，抑或是明天，能豁然开朗就是美好的一天；不管是亲情，还是友情，抑或是爱情，能永远珍惜就是好心情。共勉！

张蓝心　2016.2

质朴的人生，向阳而生

我将玫瑰藏于身后，风起花落，从此鲜花赠自己，纵马踏花向自由。

很喜欢《陀螺》里的一段词："在不可告人的阴谋里转，在欲望里转，在挣扎里转，在东窗事发的麻木里转，在阳光灿烂的一天，你用手捂着你的脸，对我说你很疲倦，你扔下手中的道具，开始咒骂这场游戏，说你一直想放弃，但不能停止转。"翻唱这首歌的李健曾这样评价："《陀螺》这首歌在写人，人和人的冲突、人和世界的冲突、人和自己的冲突，近乎一种黑色，有一些绝望，是一部很凝重的作品。"陀螺就像人一样，从儿时的无忧无虑，天真烂漫，到不停奔波，没有一刻停歇，不管周围场景如何变换，一直都在经历旋转。虽然有些身不由己，但仍然无奈地举起自己的鞭。不忘初心，坚守心中那份美好、纯真需要勇气，生活像个大染缸，缸下还有不断燃烧的火焰，染缸里的人需要不停变幻、适应、碰撞，在沉默里转、在孤独里转、在欢笑里转、在泪水里转。有些人转着转着就迷失了自我，不再清醒、不再纯粹、不再热爱与真实。

初听这首歌时，正值我创业初始，也是相对难熬的一段时期。尤难忘却的是 2007 年 6 月底的一个深夜，记得当时再次读完余华的《活着》，恰逢经历了一段与挚爱的小云有关的遭遇。那时、那地，初为人父的我，面临生命不可承受之重，于是有意无意间把诸多事情联系在一起，百感交集，情不自已，竟然哭得稀里哗啦、撕心裂肺，很是伤感。

在我看来，《陀螺》与《活着》互为最好的注解，不仅在讲人的生存状态，还在讲人与命运的关系。作者余华在《活着》的序言里说："人是为活着本身而活着的，而不是为了活着之外的任何事物所活着。"主人公福贵经历了超出常人的苦难，从旁观者的角度来看，福贵的一生除了苦难还是苦难，其他什么都没有。可是，当福贵从自己的角度讲述这一生时，他苦难的经历里立刻充满了幸福和欢乐。他相信自己的妻子是世上最好的妻子，自己的子女是世上最好的子女，还有他的女婿、外孙，以及那头也叫福贵的老牛，一起生活过的朋友……生活的点点滴滴都是最好的。也恰如《陀螺》所说的，我们虽然时常感到疲倦，咒骂命运的游戏，想要放弃，但是默默地忍受命运赋予的一切苦与乐、泪与笑，何尝不需要勇气呢？

生命中其实没有幸与不幸。生命就是活着，我们就像陀螺。没什么比活着更快乐，也没什么比活着更艰辛。人活着，

张蓝心　2018.10.21

不是为了痛苦。能活着，本身就是一种幸福。人一旦死了，就什么都没有了。那些爱我们的人，我们爱的人，父母、兄弟、姐妹，亲情、友情、爱情，都是我们在世间难以割舍的羁绊。哪怕再苦再难，只要我们有人爱，就是幸福的。所以，还是活着好。集年度新锐、年度精英、年度贡献于一身的优秀青年陆坤在职场大讲堂上做过这样的分享：“活着”是一种生命状态，也是最基本的载体，就好像无数个 0 前面没有 1，就是虚无。所以，即便人生动荡，支离破碎，命运多舛，世事无常，只有活着才有希望。活着很艰难，死反而是容易的。任凭世间如何无情，他还是活着，活着就是一种幸运。然而究竟该怎样活呢？那是每个人的选择，有的人堕落成行尸走肉，在绝望中彻底崩溃、沉沦；有的人虽饱受苦难，但对生命仍有敬畏，接受生命赋予的幸福与困苦、责任和信念，在绝望中涅槃、超然。尽管他的心里有太多苦楚，但他回归到了生命最初的平凡，穿过黑夜迎来白昼的微熹，沉默温婉，不动声色地与自己和解，在绝望中坚守，在崩溃中自愈。

向未来张望的时光或许孤独漫长，希望风雨过后都是晴朗。

世界以痛吻我，我仍报之以歌。中国家居建材业领军人物、“爱奕”品牌创始人、北京涞水企业商会副会长董宏伟，曾在“岁月如歌”晚宴致辞中因引用张爱玲的诗而赢得满堂喝彩：“在这个光怪陆离的人间，没有谁可以将日子过得行云流水。但我始终相信，走过平湖烟雨，岁月山河，那些经历劫数、尝遍百味的人会更加生动而干净。时间永远是旁观者，所有的过程和结果，都需要我们自己承担。”

有时人的悲欢并不相通，无法感同身受，别人能给的只是暂时的慰藉，只有自己才能让自己愈合。我见过有人在深夜的街头失声痛哭，难以自抑；见过有人在医院里捶胸顿足，悲痛欲绝；见过有人一语不发，泪流满面，独自绝望。世间的众生相让人觉得“众生皆苦”。就拿当下来说，我们看到的、听到的有那么多的苦难：疫情之殇，经济没落，战火频烧，飞机失事，灾祸不断……身在泥潭，历尽劫难，只有自渡，才能清朗脱离；只有自省，才能重拾希望。我见过一个人在雨里推着车艰难向前；见过一个人在车里抽着烟，黯然神伤；见过一个人在深夜的河塘边独自垂钓……我们都是普通人，可能没那么坚强，但爱与责任让我们不会因为沉沦而无法自拔，每个人都在努力地一边撕裂、一边自赎；都在坚强地一边绝望、一边自燃；都在用力地、不屈地活着。面对种种苦难和不幸，只有体会过生的不易，才会熟谙其中的滋味，懂得珍惜，学会热爱。活着是一种强劲有力的证明，更是一种不可逾越的历练。所以，有些人一遇到挫折失败、困苦磨难就要死要活，感觉多少有点矫情。我们翻山越岭，可能一生一事无成，也不必有

张蓝心　2020.5

太多抱怨和失望，岁月如歌，听听《陀螺》，天高云淡，读读《活着》，无论何时何地，源远流长的生命，就是坚强纯粹地活着。没有比活着更艰难的事，也没有比活着更美好的事。生存很难，活着更难，历经坎坷，终觉人间值得，岁月可期。

生存便是对苦难的承担，在一次次失去与悲痛中直面命运。我的金兰契友也是高中最要好的同学冀英杰，是一个历经岁月洗礼依旧心性简单纯粹的老男孩。对于英杰朋友圈的签名“挺住意味着一切”，我很是赞同并深有感悟。是啊，与命运抗争的血色浪漫使人沉沦，而身心俱疲的抗争让我们失去了揭开命运面纱的机会，一次又一次擦肩而过，在生命中留下的痕迹混乱且浅薄。忍耐，让每个痛苦挣扎的人都有机会直面命运、直视伤痛。穿过命运耀眼的光环，我们看见了时间在人类历史上留下的印记正清晰地交织在一起。一条条蜿蜒的时光河流从生命的起点流向终点，标记出每个生命的长短。生命，从来没有过不同。只有活着，我们的生命才有所依托、有所显现。人生就像一个陀螺，不停地旋转，或许只有不停旋转，才能感受到自己的存在，这是时代赋予人的压力。经历越多，越能看清生活的本质，努力做一个真实而纯粹的人，活得清醒，看得通透。“经营之圣”稻盛和夫先生说过一句哲言：“越是美好的人生，越是需要单纯的智慧。”中国人爱讲人情世故，我们常常说的“人情冷暖、世态炎凉”，就是对现实的残酷写照。我们每个人都必须面对残酷的竞争，不懂得“站队”“混圈子”，就会被人投以异样的眼光，甚至被孤立。在这个社会中，想做纯粹的人很难，不伪装、不隐藏、不压抑情绪，不介意别人对自己的评价，率性、敢于做自己，简单“活着”的人确实不多。愿我的生命里像冀英杰这样的朋友，都能继续纯粹地生活，爱所爱、想所想、思所思、梦所梦，纵使世间繁华迷眼，目光万千，皆不为之所动，只做最纯粹的自己。而他们是我学习的榜样。

悲观止步，继而起舞，与命运共舞。世上只

张馨月　2018.8.17

张蓝心　2019.3.28

有一种英雄主义，就是在认清生活真相之后依然热爱生活。愿我们每个人都生如夏花，绚烂地活着、认真地活着、好好地活着。共勉！

好的人生，不慌不忙

岁月如歌，山海自有归期；源远流长，万事终将如意。

春有百花秋有月，夏有凉风冬有雪。若无闲事挂心头，便是人间好时节。

民国才女作家林徽因说过：“温柔要有，但不是妥协，我们要在安静中，不慌不忙地坚强。”人的一生，会遇到各种事情，而真正重要的不过寥寥数件。烦躁的骇浪在心中翻涌，我们便看不见海面上的灯塔之光。活着就是从产房到坟墓的旅途，两点一线间，沿途的风景才是来人间一趟的意义。唯有从容淡定者不惧时光飞逝，唯有不慌不忙者不忧岁月无常。

李小华笔记本扉页上写着这样一段唯美的话：“岁月不声不响，你且不慌不忙。在凡俗的烟火里，愿以素心，阅来日方长。”

诚然，这些年世界节奏变得很快，大部分成年人活得慌慌忙忙。朝乾夕惕，火急火燎，一刻也不敢放松。我们以为这是珍惜时光，其实恰恰相反，这样的人生，活得浪费极了。

像猪八戒吃人参果一样，只顾着往嘴里塞，而没心思品品是什么味道。这样的日子，就算活一千年，又有什么意思？人这辈子，偶尔紧张、偶尔慌乱、偶尔背负压力，都不要紧。只是不能一直处在急躁、慌张的状态里，总是慌里慌张的人难成大事。只有安静的灵魂，才能妥善处理杂乱世事，细细品尝世间美好。每逢大事有静气，是人的至高境界。当然，遇到小事更应该沉稳从容，因为静能生慧，慌则致乱。所以，我们要学会平息心中的噪声，带着一颗轻松、安定的心生活。你平静地做好自己的事，生活自会把属于你的东西，在合适的时候，一样一样都给你。记住，好的人生，不慌不忙。

生活从来不容易，可能每个人都藏有满腹心事。我很欣赏勤恳耕耘、常年在一线开拓的业界前辈施鹏双老哥，他做过一次精彩的演讲：“事情往往就是这样，我们以为所有的光都离我们而去。然而光还在，一直都在。只要我们把门打开一条缝，光就会涌进来。”所以，仔细想想，抛除那些不愉快，其间，我们也遇见了更好的自己，拥抱了温暖，学会了分辨、释怀珍重，而这

张馨月　2019.9

张蓝心　2016.6.30

一切成了我们人生中刻骨铭心、独一无二的回忆。

欢喜之心不言浮云终蔽日，
慢度日常总有云开雾散时。

来时无迹去无踪，去与来时事一同。何须更问浮生事，只此浮生在梦中。

青年才俊王晴在年度新人晋升管理培训上的真知灼见反响热烈：“改变心态可能只需要一分钟，而这一分钟却能改变一整天，甚至是你的一生。”人生短短几个秋，能走出什么模样，对待各种事物的态度是关键。行事不慌不忙，遇事不哭不闹，观事不忮不求，眼前诸事便会明朗，人间冷暖便会无所畏惧。想要好的生活，自然离不开努力，但更需要长久的耐力。慢慢地流、慢慢地淌，如水，细水长流方能生生不息；慢慢地走、慢慢地想，人生，沉着冷静才有来日方长。人可以谨慎，却不能总是心慌；人可以忙碌，却不能总是慌忙。不慌于未来，不乱于过往，不忙于执念，不碌于琐事。给自己一份不慌不忙的松弛，你将拥有一生乘风破浪的优雅。

现代人太容易慌了：别人马上结婚了，你还没有男朋友，慌；别人月入两三万元了，你才五六千元，慌；别人生二胎了，你还没有小孩，慌；别人家小孩舞蹈十级了，你家小孩一无所长，慌……慌乱、焦虑、压力、不安等情绪特别容易让人心态垮掉，然后做出错误决定。没有合适的人，强行结婚了；没做好养小孩的准备，强行生了；对新工作没什么把握，强行跳槽了……最后生活乱七八糟，各种不如意。而这种不如意的罪魁祸首，很可能不是你能力不行，而是心态不好。如果你能试着稳下来，冷静想想自己到底该干吗，然后根据自己的节奏慢慢来，情况想必会好很多。就像一个果园，里面每种水果都有自己的成熟期。桃子 3 月开花，6 月熟；石榴 6 月开花，10 月熟。石榴树不会因为看见桃树开花就着急，自己也要迫不及待地跟着开。因为它有自己的节奏，人也是这样。每个生命都有自己的节奏和轨迹。别人走向哪里，走得多快，是别人的事。你只要没有走错方向，没有荒废时光，就完全不用慌。我们必须学会不慌不忙地过日子，气定神闲地做自己的事，耐心耕耘，不要急着收获，也别管别人收获了什么。日子到了，你的收获自然就有了。

生活，需要懂得调节，忙时不慌乱，闲时不荒废，以自己的节奏稳步前行。生活没有迈不过去的坎，只要慢慢地往前走，希望就会有的，惊喜也会有的。人生就是这样，每件事情都有它的时间顺序。如果你此时正处在生活的低谷，别着急，你要做的就是静静地努力，慢慢地等待。

王巍老师曾说："我并不期待人生可以一直过得很顺利，但我希望碰到人生难关的时候，自己可以是它的对手。"每个人的一生都会有几个彻夜难眠的晚上。不断哭闹、抱怨，只会让心灵的城池先失守，很难再有走出低谷的机会。在大厦将要倾塌之时，唯有坚定、勇敢的心可以拯救自我。这世上，能够忍着眼泪继续前行的人，终会拥有不凡的人生。

Emily
张馨月 2019.1

张蓝心　2021.7.9

“普洱茶协会乡村振兴贡献奖”获得者、“京城最美茶人”优秀代表汪霞就曾多次与我们分享她最欣赏的一句话：“凡开挂的人生，都有了不起的过程和恰到好处的等待。”让自己静下心来，别着急，你只管稳步向前，保持热爱，生活自有安排。生命自有绽放的时刻，生活自有恰当的节奏，人生再差，不过就是大器晚成。面对日常生活，只有不慌张，不着急，才能宁静致远；面对人世坎坷，只有不崩溃、不胡闹，才能绝处逢生；面对外在纷扰，只有不艳羡、不迷失，才能守住自我。

幸福中并非没有忧虑和烦恼，
而逆境中也不乏慰藉与希望。

岁月如歌的日子里，愿你不慌不忙，不辜负每一朵花开，不辜负每一片落叶，不辜负身边每一个爱你的人；天高云淡的日子里，愿你不急不躁，温柔有趣不必太激烈，三餐四季不必太匆忙；源远流长的日子里，愿你不卑不亢，眼里有光，心中有爱，目光所及皆温暖，心之所向皆阳光。奔赴星辰大海，一路繁花似锦。共勉！

人生得一知己足矣，斯世当以同怀视之

周末家乡故友小聚，席间酒至微醺，情绪恰好的亲家陈小刚一番“酒逢知己饮，诗向会人吟。相识满天下，知心能几人”的澎湃之言，令我感慨良深。是啊，在茫茫人海中，我们每个人可谓遇人无数，朋友也越来越多，然而面对通信录中成百上千的名字，却依然倍感孤独，心灵还是空虚。真正能走进我们心里，真正懂我们的人少之又少。我们常扪心自问：何谓知己？是历经流年的寻常，更是风雨中的依赖；是纵然岁月不再但情谊依旧，更是超越生死，风雨无碍。古人云：“人之相识，贵在相知；人之相知，贵在知心。”这世间最大的幸福莫过于得一人，志同道合，知情识趣，同甘共苦，不忘初衷。真正的知己，不是表面的微笑，而是心灵的陪伴；不是因外貌产生好感，而是因缘分产生共鸣；不是日日夜夜陪伴在身边，而是一份淡淡的同频和懂得。真正的知己是心有灵犀，是时时刻刻都在关心和牵挂，是随时随地可以聊天，是无话不说的那个人。他懂你的无奈，懂你的欲言又止，能看到你笑容背后的不

张蓝心　2023.8

易。真正的知己，总是懂你所想，向你所往，只要知道你一切安好，便足够了。真正的知己就如美酒，愈久愈醇，无言亦懂。知己，即使多年不见，依旧念你如故。身处喧嚣浮尘中的我们，都需要一个知己。在满腹心事堆积如山时，能有个耐心倾听的人；在压力累加无处释放时，能有个默默陪在身边的人。知己，不是亲人胜似亲人，总能对你默默付出；知己，不是爱人犹如爱人，总能为你排忧解难。知己不是吃喝玩乐、相互吹捧，而是懂你，可以在精神上鼓励你、帮助你；在你有所不足时，指正你；在你失落时，安慰你。知己是灵魂深处的伴侣，陪我们度过孤独的岁月。知己是纵使相隔万里，只要看到美好的事物，也会第一个分享给你。知己，会在相聚时珍惜每个当下，在离别时想念每个曾经。“女为悦己者容，士为知己者死”，莫过如此。相知相交，彼此懂得，纵使天涯相隔依然思念不减，纵使许久未见依然情谊未变，每次相聚时可痛饮畅谈，细数过往。滚滚红尘，惺惺相惜，从此心灵有寄、灵魂有依，纵使世事无常，也不再慌乱迷茫。

古语云“君子之交淡如水”，并非指感情淡得像水一样，而是不含任何功利之心，是纯粹的感情，长久而亲切。正如我的保定挚友王宾所说：“人这一生，遇到权、遇到钱，都不稀罕，稀罕的是遇到了解。”最好的关系莫过于“我懂你”。真正的知己，不依附、不盲从、不讨好，各自发光、彼此照亮，在擅长的天地大展拳脚。当彼此相对时，褪去光环，一起饮一壶茶、醉两盏酒，交流心得，岁月静好。京城名少、翩翩才子刘子扬曾这样描述友谊：朋友中的极品，便如好茶，淡而不涩，清香不扑鼻，缓缓飘来，似水长流。好的友情，无关利益和需求，只关乎精神的契合、灵魂的交流。既不需要亲密无间，也不需要炙热浓烈。淡而不腻，久处不厌，是友谊最美好的状态。人与人之间最舒服的关系就是不必讨好，相处是轻松的，交往是真诚的，联系是自然的。两个人在一起，互相欣赏，越走越近；三观相合，越处越深。真正的朋友，始于志趣的吸引，合于心灵的相惜。不需要费力经营，有幸相逢，恰好合拍，便是最舒服的状态。

人生一知己，足以慰风尘。

如今，圈子越来越大，应酬越来越多，真正的朋友却越来越少。不是所有人都会在你最需要的时候出现，也不是所有人都会在你有难的时候伸出手来。正所谓“朋友易得，知己难寻”。知己并非天天相聚、时时守望，而是离别后的牵挂，相聚时的醉于真情。面对行色匆匆的生活，人与人之间学会了伪装，可再坚强的人也需要温暖和关怀。生活的压

张馨月　2018.8

力、生活的负累，使我们希望有一个懂得自己的人，可以诉说心中的不易，分享生命中的悲喜。

甚是赞同对我影响至深的李鹏老师在班会上与同学们一次至真至诚的分享：“知己不是酒肉朋友，不会跟你花天酒地、灯红酒绿，但他十分懂你，懂你的一个眼神，懂你那些没说出口的话，懂你的辛酸隐忍，懂你的落寞孤寂。知己不是死党闺密，不会跟你勾肩搭背、亲密无间，但他真心在乎你，会为你的成就激动欣喜，会为你的失意愤懑焦急。知己，就像另一个自己，彼此守望、彼此欣赏、彼此慰藉，无关年龄、性别、距离、贫富。他能懂得你的一举手一投足，能读懂你的言外之意与欲语还休，会珍惜你如自己的生命。”

资本市场领军人物、医美领域新锐标杆赖强时常哼唱的歌曲：“不管昨夜经历了怎样的泣不成声，早晨醒来这个城市依然车水马龙。开心或者不开心，城市都没有工夫等，你只能铭记或者遗忘，那一站你爱过或者恨过的旅程。”的确，人潮汹涌，各自漂流，谁会在意谁的悲伤。随着阅历的增长，每个人对世事无常和人性复杂都有了更深的理解与感悟。都说在人生曲线里，总会有一段剧烈滑落的区间，那是每个人都要经历的至暗时期。但只用眼睛去看，你是看不到的。因为我们都是成年人，宁可咽下所有委屈心酸，也不愿意将真实的伤口展示给别人看。除非你能用心感受，才能透过平静的表象，读懂背后无言的伤痛与寂寥。只有自己清楚，在苦苦咬牙支撑的时候，最渴望得到朋友的一句关怀、一份理解。正因如此，当我们有幸遇到这样的情谊时，才会感觉难得且珍贵。世间最好、最珍贵的默契，莫过于有人懂你不易，念你冷暖。哪怕只是一个眼神的鼓励，也会如一道照亮世界的光，给人以度过风雨苦厄的勇气。

所谓“时间识人，岁月知心”，能保持长久的情谊，并非源于两个人的一成不变，而是因为它经得起改变，扛得住考验，才能成为两个经历过命运起伏的人共同坚守的选择。很是欣赏我的好友春娜妹妹说过的一段话：“真正的好朋友就是他见过你最糟糕的一面，依然愿意拥抱你；他见过你最虚弱的一面，依然愿意保护你；他知道你能自私成什么样，还是愿意懂你、爱你。因为懂得，所以慈悲；因为了解，所以体谅。虽然我们都不完美，但是我们愿意彼此包容、彼此善待，陪对方走过一段艰难的时光，成全对方成为更好的人。这就是朋友的意义。”

人潮汹涌中能够遇见，是命中注定的缘分。两个人在一起越久，越应该温柔以待，好好感恩彼此的陪伴与付出。有一种幸福，是有人问你粥可温，有人与你立黄昏；有一种温暖，是让爱有回应，永不错付。人在感情中最大的错误，就是习惯把别人对自己的好视作理所当然，却忘了真心最无价，也最难

张蓝心　2020.12

得。若拿不出同等的情意相待，真心迟早会有冷却的一天，到那时被你弄丢的爱就再也找不回来了。所以，永远不要辜负对你好的人，更不要用谎言和伤害挑战他人对你的满腔信任。有人说："人生至福，是确信有人爱你；一个人最硬的后台，是被人爱、被人真心以待。"

总有青葱的拒马河，总有暖暖的涞阳路，总有流星的西岗塔，总有起风的大槐树。总有一个人，在默默祈祷世间所有美好都属于你。最好的默契，莫过于惺惺相惜；最深的懂得，莫过于心有灵犀。悲欢皆随意，万般皆真心。漫漫人生路，唯梦慰风尘。心若相知，不语也暖，爱若盛开，虽远亦来。

我有一壶酒，足以醉逍遥；我有一盏茶，足以诉衷肠；我有一知己，足以慰风尘。悲欢皆随意，万般皆真心。人生路上，任凭岁月流逝，唯愿友情长存。共勉！

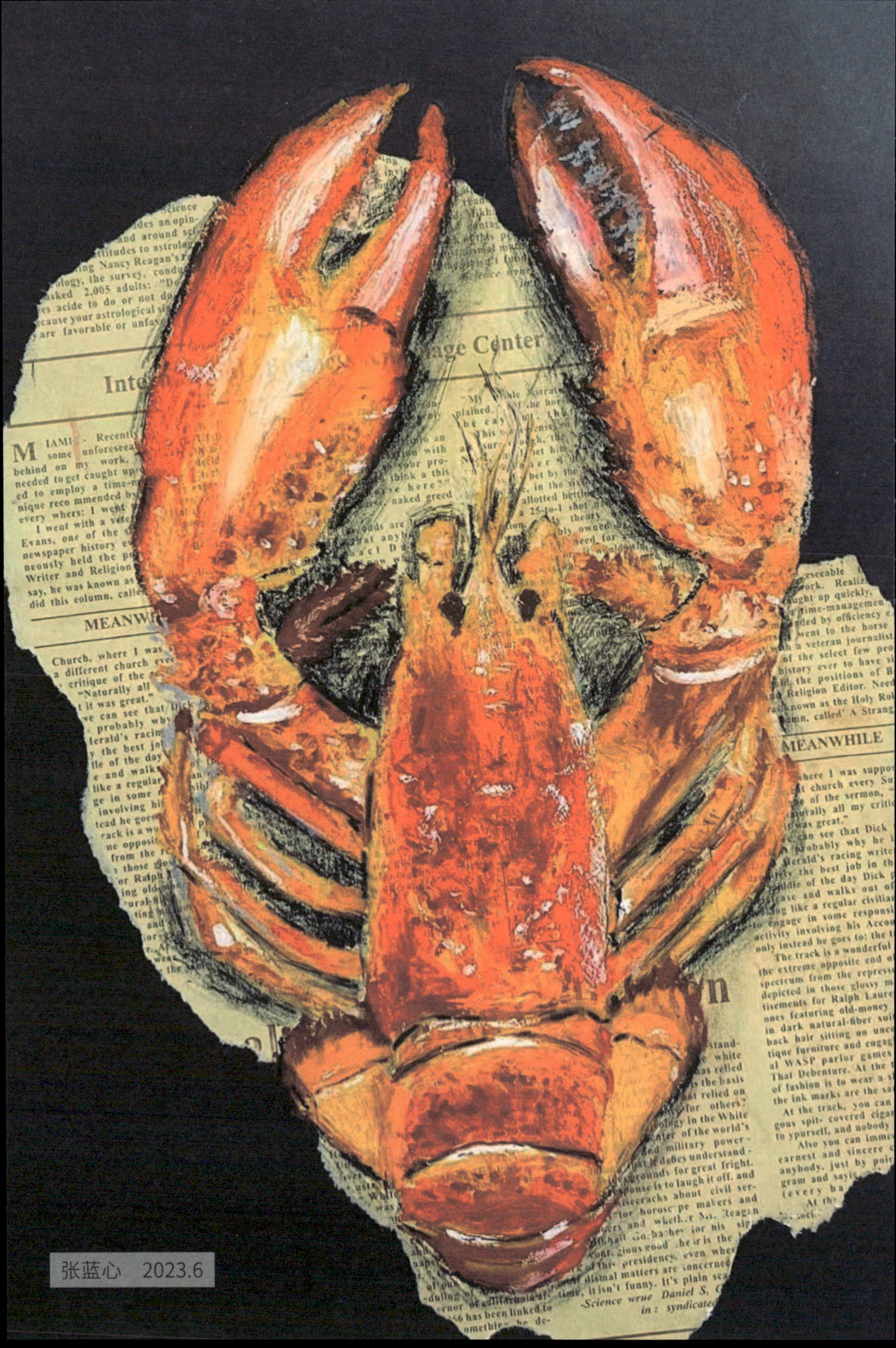

张蓝心　2023.6

感情是互相给予，不是理所当然

作家卢思浩曾说："人与人的距离有多远呢？你的世界正电闪雷鸣，他却一点声响也听不到，但也不用太难过，因为我们终会遇到理解的人，或许不多，但胜在厚重。"人生要何其幸运，才能遇到一个全心全意对你好的人。

然而，如同鱼在水里游却忘了有水，鸟乘着风飞，却不知有风，我们也常常因为有了感情而忘却感情，在理所当然中丢了最重要的人。

"源远流长"中有这样一个故事。男生陆坤向女生梁晓静表白，梁晓静既没有立即答应，也没有马上拒绝，她问陆坤："你确定你是喜欢我的吗？"陆坤说："我比喜欢世间万物还喜欢你。"梁晓静又问："一年后呢，三年后呢？结婚后，你还会这样喜欢我吗？"

陆坤怔了一会儿，支吾了许久，没有轻率地回答，他在心里反复问自己这个问题，最后鼓起勇气说："会的，我会每天提醒自己，你是命运对我最好的馈赠，不会因为已经拥有就忘乎所以。”梁晓静听完，浅笑嫣然地说：“好呀，我也会每天提醒自己，不要因为被人喜欢而肆意妄为。”

是的，日子再久，也别忘了当初的深情；热恋消退，也要记得初见时如何小心翼翼地呵护。祝福陆坤，也祝福梁晓静，这份爱的幸福，我一直荣幸地见证着。

或许，你曾在感情中受过伤，此后便再也不相信爱情，更不敢幻想甜甜的爱情属于自己，但不必太难过，你要相信终会遇到那个对的人。其实，人和人之间靠的是缘分，每段爱情，都是上天注定的，该来的人，迟早会来到你身边，只要你耐心等待，这个人终究会出现，给你温暖，对你呵护备至，让你相信这个世界是美好的。可能，注定遇见的人，早就见过了；可能，人生中的每一场遇见，都是久别重逢。所以，有时候你会发现，你不会无缘无故爱上一个人，而是冥冥之中自有天意，也许他就是那个对的人。

人生有时并非爱而不得，而是得而不珍惜。曾经有人为你赶三千里路，从自己的城市到你的城市，你感动得湿了眼眶；曾经有人亲自为你煲粥、炖汤，做你喜欢吃的东西，你脸上化开了无限柔情；曾经有人对你千叮咛万嘱咐，让你照顾好自己，你心中升腾起无尽暖意。但从某一天开始，对方对你的好，不会再让你心底泛起一丝波澜；对方一如既往地付出，你却无动于衷地接受。也许你认为生活并未改变，甚至偶尔会觉得索然无味，却不知没有反馈的感情，会让付出之人疲惫不已，最后只能是一别两宽。

生活中的激情虽然难以持久，但是陪伴可以细水长流。在经历了某段岁月，丢了某个人后，再想遇到能够掏心窝子的人，是很难的。

在“源远流长”的爱情故事里还有一个小情节令我很是感动。结婚多年的张东下班后总会在路上捎带点东西给他老婆，有时是一块蛋糕，有时是一杯奶茶，有时是一些小礼物。有一次，我感慨道：“老夫老妻的，还那么有情调啊！”他笑了笑，说：“这是为了感谢我老婆每日的辛勤劳动，她把俊俊培养得如此优秀，每天把屋子收拾得干干净净，还做一桌香喷喷的饭菜等我回家。”我不禁感叹，多少人认为天经地义的事，张东却郑重其事地感谢妻子。我问他为什么这样做，张东解释道：“婚姻从来不是爱情的坟墓，而是有的人自己搞砸了爱情、搞砸了婚姻。你想一下，如果你每日辛辛苦苦、忙里忙外，一心一意为对方着想，对方却从来不把你放在心上，甚至一些事做不好还挨一顿骂。换作是你，是不是也想在这段感情中撂挑子算了？一点都不感激对方付出的婚姻，往往结束得也快。”

张东的这番话，道出了很多人生活中的常态——丈夫在外打拼、赚钱养家，被妻子当作本分责任；妻子的贤惠体贴，被丈夫视为“本该如此”。我们太容易对另一半的付出习以为常，却不知真正的感情，从来不会自由生长，而是需要两个人一起呵护，在细枝末节中生出无限欢喜，在平平淡淡中仍对对方心神摇曳。

周国平曾说：“好姻缘是要靠珍惜保护的，珍惜便是缘，缘在珍惜中；珍惜之心亡，则缘尽。”两个人相爱容易，相处很难，想要把两个人的缘分维持下去，就要懂得珍惜那个爱你的人，让对方感受到你的爱，这样你们的爱情才能更长久。

可能每段爱情真的是上天安排好的缘分，不过能把握住爱情的人却只是少数，要珍惜眼前人，不要等到缘分散尽才后悔莫及。

相遇是有缘，相爱是惜缘，愿你能珍惜缘分，珍惜最爱的他（她）。世间最大的幸福之一，莫过于有人喜欢你，把好的都给你，而你不负承诺，与之携手共度人间冷暖，同看红尘繁华。

网上曾发起一个活动：你最想对你未来的妻子或丈夫说什么？很多人说，“你怎么让我等这么久”。但有一个人说，“我没想到还会遇见你”。

我欣赏后者的心态，真爱难得，得之我幸，若是能欣喜相遇，则足以让我们怀着虔诚之心感激一切：感谢在这漫长岁月中，有人与你立黄昏，

张蓝心 2023.7

有人问你粥可温；感谢有人无论贫穷还是富有，都伴你左右。

从来没有谁希望自己的付出是一厢情愿。如果只是自己在努力，并且努力很久依旧没有回应，就会想收回自己的心意。所有长久的爱情，都不是彼此多情投意合，而是在后来的岁月中，彼此不管发生了什么事都依旧愿意好好善待对方，始终不忘初心。没有谁非要和谁成为情侣、成为夫妻，在前行途中，谁都可以随时选择放手。只有彼此都感觉到被珍惜，对方值得，才会心甘情愿继续携手同行。

漫长岁月中，不少人越往前走，感到越孤独。没有亲人、没有朋友，也没有爱人在身旁。不是从来都没有，而是曾经拥有，后来弄丢了。任何感情，哪怕是亲情，也需要用心；友情，不维系同样会失去；即使再相爱，不珍惜也不能长久。相逢不易，懂得尊重别人的人，才会被尊重；懂得珍惜的人，才值得被宠爱。共勉！

山河不足重，重在遇贵人

鸟随鸾凤飞腾远，人伴贤良品自高。

最近，网上一句很火的话让我很是认同：“你是谁并不重要，重要的是和谁在一起。你的水平，就是你最常接触的 5 个人的平均值。”的确，跟谁在一起，真的很重要。因为与什么样的人在一起，你就会是什么样。与智者同行，你会满腹经纶；与强者为伍，你会不同凡响；与德者同频，你会功成名就。

你一定有过这样的体验，有些人一聊天，他就抱怨、吐槽生活不顺、工作不爽、家庭不幸、自己不易。在他眼里，似乎什么都不顺，什么人都对他不好，所有都是命运不公。这种人遇到事情，第一反应不是寻求解决的方法，而是下意识地抱怨、吐槽。还有些人，看谁都不顺眼，每天吐槽别人，对别人的生活指指点点。这种人面对生活，消极、悲观、颓废。生活中，像这样的负能量携带者不在少数。他们常常有意无意地把悲观、消极的情绪传染给身边人，让你觉得前途渺茫、人生无望。即使你很努力地给予其鼓励，换来的还是他的唉声叹气，抱怨不休。更可怕的是，跟这些负能量的人相处久了，你也会不自觉地沾染他的坏情绪。他们会在不知不觉中偷走你的梦想，使你渐渐消极、颓废，变得和他们一样充满负能量。

所以，你一定会发现：我们身边有什么样的人，我们很可能就会变成什么样。周围人的性格、习惯和情绪等，会在潜移默化中不断影响你。当你身边的人都勤奋好学时，你也会不断被带动着努力和进步；当你身边的人都贪图安逸时，你也很容易在不知不觉间失去上进的动力和毅力；当你身边的人都乐观向上时，哪怕你有些悲观消极，也会逐渐变得积极阳光；当你身边的人都充满负能量时，你的正能量也会不断被消耗。

一个人要想变得更好，跟什么样的人在一起真的很重要。所谓“蓬生麻中，不扶而直；白沙在涅，与之俱黑”。以梦为马，文采斐然的表妹张娟推荐的《孔子家语》中的一段话令我感悟良多，深以为道：“与善人居，如入芝兰之室，久而不闻其香，即与之化矣；与不善人居，如入鲍鱼之肆，久而不闻其臭，亦与之化矣。”就像跟随蝴蝶走下去的人，看到的是芬芳的鲜花；而跟着苍蝇走下去的人，只能到达肮脏的沟渠。

投我以木桃，报之以琼瑶。

张馨月　2017.7

良禽择乔木而栖，君子择真善而交。

生命是一场未知的旅程，没有人能预测下一秒将会遇到什么。但是，我们始终拥有追求快乐和幸福的权利。有一种快乐和幸福无关财富与名利，而在于你与什么人相处。错的人，彼此消耗；对的人，相互滋养。和对的人在一起，你会向阳而生，日子越过越有奔头。与对的人相处，你会充满活力，对待生活的方式也会变得积极乐观，人生自然越来越顺遂；与错的人相处，时间长了，你就感受不到自己被坏情绪困扰了，因为你已经成为一个消沉堕落的人。只有远离错的人，常和对的人相处，你才不会消沉，人生也会发生天翻地覆的逆转。

令我印象深刻的是，早在 2013 年就脱颖而出成为“源远流长”合伙人的北京姑娘张鑫焱，在就职演说时，讲述美国著名心理学教授大卫 · 霍金斯花了 30 年时间的研究发现：能量对人的影响是巨大的，当你与满身正能量的人相处时，他的磁场会带动周围的一切事物有秩序和美好；而如果你一直处于负能量的环境中，也会吸引很多不好的事物，让周围的人和事变得紊乱与糟糕。

和对的人在一起，向对的人靠近，追随对的人的脚步，就会慢慢成为一个对的人。因为习惯、思维这些东西，是会传染的。身边人的好习惯会让你变得越来越好，身边人的坏习惯会让你变得越来越堕落。对的人就是光源体，生活乐观、积极向上，并且会用自己的热情和信念感染身边的人；对的人说话总是恰到好处，让人在“山重水复疑无路”时，觅得“柳暗花明又一村”的前方，看到生活的希望；对的人总会给你一种如释重负、心胸开阔的感觉，让你兴致勃勃，意犹未尽，相见恨晚。跟对的人在一起，即使遭受风雨，你也能“一蓑烟雨任平生”，以淡然的心态，笑看人生浮沉；即使身处泥泞，你也会“出淤泥而不染”，不与世俗同流合污。跟对的人在一起，即使身处困境，你也能获得直面苦难的勇气，终将“直挂云帆济沧海”。对的人积极乐观，言而有信，不推诿、不欺心、不欺人，重承诺、有始终，像个小太阳一样，自带光芒，总能看到万物美好的那一面，他们能给予你正向的反馈，认可你的价值，给你带来热情和能量，言行中也带着一股恰到好处的温柔。与这样的人相处，你心中的阴郁也会一扫而光。跟他们在一起久了，潜移默化，你对待生活的态度，为人处世的方式也会变得乐观积极。久而久之，你的内心也会因充满正能量而熠熠生辉。远离错的人，和对的人在一起，让生活多一些阳光、多一些生机，照亮自己，温暖人心，给人希望。

海内存知己，天涯若比邻。

高山流水遇知音，彩云追月得知己。

“人这一生，遇人万千；漫漫长路，多为过客。前行的途中，难免会坑坑洼洼，波澜跌宕；追梦的路上，难免有风风雨雨，迷惘惆怅。即便孤身一人，遇到惊涛骇浪，也要逆流而上。因为，心中有盏永明的灯，把梦照亮。”这是中国民办学前教育的开拓者王奕妃校长在创业路上写下的一首诗。是啊，每个人都有想不开的时候，思想都有拐进死胡同的时候。很多时候，我们之所以烦恼、迷茫、落寞，只是因为没有遇到对的朋友。而对的朋友就是诗中的这盏灯、这道光。越是磨难的时候，朋友的支持与信赖越重要。朋友的善是你煮茗需要的薪火，朋友的真是你夜归照明的路灯，朋友的胸怀是你漂荡迷途的白帆，朋友的欣赏会让你有“天生我材必有用”的自信，朋友的格局会让你有“车到山前必有路”的坦然，朋友的期许会让你有“长风破浪会有时”的万丈豪情。

据说，人的一生会遇到 8263563 人，会打招呼的是 39778 人，会和 3619 人熟悉，会和 275 人亲近。由此可见，在这个世界上，能遇到一个人真的不容易，每次遇见皆有因由。磨砺宝剑，历多时才见其减损；栽植树木，积日久始见其茁壮。选择和对的人在一起，可以让我们在一地鸡毛的琐碎中找到平实的幸福，在冷雨敲窗的黑夜中找到温暖的慰藉。山高水长，路途漫漫，谁走进你的生命，是由命运决定的，但谁能停留在你的生命中，是由你决定的。

走过红尘岁月，看尽人世繁华，愿有岁月可回首；回归平淡人生，静享人间喜乐，且以深情共白头。往后余生，愿你感恩相知，不负相遇，珍惜生命中一路相伴且对的人，阳光而灿烂，坚定又热爱，自律且上进。共勉！

张蓝心　2016.11

人生，总要有段独处的时光

昭昭若日月之明，离离如星辰之行。

人生，总要有段独处的时光。作家马德在书里写过这样一段话：一个人的灵魂，只有在独处中，才能洞见自身的澄澈与明亮，才能盛享生命的葳蕤和蓬勃。也就是说，只有独处，才能把迷失在喧嚣尘世里的自己找回来。独处，既不是丢下一切躲起来，也不是沉溺于一个人封闭的世界，更不是逃避，而是以另一种方式修行。独处不等于孤独：孤独是被动的，而独处是我们主动选择做更好的自己。学会并享受独处，是为灵魂生长找到了空间。不受奸污佞秽之乱，远离七情六欲之扰，释放心底的压抑，反思过去的错误，憧憬美好的未来。浮云吹作雪，世味煮成茶，独处守心，见自己、见天地、见众生，不乱于心，不困于情，不惧得失成败，抵达更加高远的人生境界。享受独处，给自己留一方自由成长的天地。提升自己的能量层级，投资未来，用这些正向的力量为独处时光赋能升级，荧荧之火，终汇成璀璨星河。

张蓝心　2022.8

独处，不是世界上只剩下一个人，而是自己一个人就是整个世界。独处既是一种力量，也是一种内在的修行。人在独处时，修养的是自己的心灵，邂逅的是自己的灵魂。独处，可以让我们清醒地认识自己、剖析自己，进而成就自己。烦恼时，不必着急倾诉；失意时，不必刻意宣泄；风光时，不必肆意张扬。

有益的独处，是出于自愿，是一种选择。选择紫芽一盏，

张蓝心　2018.4.22

读书、思考、看风景，没有喧嚣与束缚，只有自己静静感受身心自由的神光，直面自我，让躁动的心回归平静。一山一水、一草一木都可以与灵魂对话，鸟语花香、高山流水就是一个人的世界。人生之路起起落落，当身处低谷时，给自己一个空间独处，来一次心灵对白。在独处的时间里，认真踏实地做好当下的事，既不迷失过去，也不惊恐将来，更不要着急让生活给予所有的答案，留一点耐心，那些美好总会在不经意的时候盛装降临。独处执着生长，终有一日馥郁传香。

“源远流长”中素常钟爱阅读的于洋就曾跟我谈起，路遥先生《平凡的世界》里的孙少平原本是个当教师的好苗子，却迫于生计只能去当煤矿工人。矿场黝黑了他的皮肤、磨炼了他的筋骨，却没能让他放弃内心的追求。正是这段自我雕琢的过程，让他在时机来临时得以把握机会，扭转命运。故此看来，平凡独处并非远离了世界，他们只是坚守了一个属于自己的世界，从而创造出一个更好的世界。独处，是对人生的滋养。正所谓：“他日卧龙终得雨，今朝放鹤且冲天。”“鲲鹏展翅凌万里，策马扬鞭自奋蹄。”

独处能力是情绪发展过程中成熟的一个最重要标志。向目标独行的“形单影只”，远远好过泯然众人的“热闹”。在热爱中坚持，因自律而优秀的刘飏就曾讲自己在开始健身锻炼挑战强度时，已经过了筋骨、体质最好的年纪，很多人包括教练都怀疑他能否坚持下来。可他不理会别人的闲言碎语，始终和那个心中的自己并肩奔跑、共同喘息，一起扩充精神天地，最终成为京城小有名气的运动达人、健康专家智库的健身教练，为首都运动事业贡献着自己的公益力量。

在物质喧嚣的年代，很少有合格的灵魂。在理想生活中，我们所有人可能都需要一段与自我为伴的时光，身边没有太多亲友陪伴，但因为精神充实，所以不会感到寂寥。一个人只有在独处时，才能将平日汲取的能量沉淀下来，内化成自己的能量场，不至于在这个世界迷失。“海压竹枝低复举，风吹山角晦还明”。那些独处的时光，终会让我们发光。

我们可能不是缺少独处的时光，而是不知如何度过这样的时光。我们总是顶着孤独的名号急着赶赴喧嚣热闹之约，却辜负了一段原本可以用来自我修炼的时光；我们总在别人的目光里寻找自己的位置，却忽略了唯有直面自我，才能触摸到自己最真实的心跳。也许可以说，学会过好每段独处的时光，是达到更高人生境界的阶梯。因此，不要把宝贵的“孤独”过成最贫瘠的模样。

每个人的人生都可能经历一段痛苦时期。在那段时期，别人走不进去，只能靠自己走出来，也就是“自渡”。自渡的方式有很多，独处便是其中之一，在独处中自愈身心。辞赋曰：我与旧事归于尽，来年依旧迎花开。

张蓝心　2015.9

古人曰：“君子慎独。”真正的君子，往往拥有更强的独处能力。诚然，古往今来，成大事者必懂得从热闹中抽身，在寂静中修行。人只有在独处时，才能拨开迷雾，心灵游于物外，与天地精神往来，看清生命的真相。

世界并不陌生，人间自有真情。中华茶文化使者生活美学家赵丹丹老师在“守护后疫情时代心理健康”的空中课堂上这样讲过，会独处是一种闹中取静的成熟，是一种风平浪静后的宁静，是三思而后行的前奏，是心灵的升华，是成熟的标志。独处是一种积极的状态，不是与大流作对，在所谓的“特立独行”中显示与众不同，也不是陷在琐事里不能自拔，或顾影自怜，或孤芳自赏。唯有大胆走出自我的小世界，穿越浮华与喧嚣，找到更高的追求，才能享受天高海阔、内心充盈。

有时，脱离人群，与内心的自己相伴，会成就一段非凡的旅程。纵使你未感知到同行者，精神的富足也会让你更了解自我、刷新自我。在独自求索中找到的星星之火，也许终成燎原之势，点亮你的人生，也照亮周围的世界。所以，当你又一次为了奋斗目标披星戴月而归时，不必过多纠结摸爬滚打却无人知晓，也不必惆怅地大叹：“想得却不可得，你奈人生何。”你与自我安然相处的状态，叩问内心追求，甘愿抵抗孤独的求索和努力，终将在未来的某一天成就一个更好的你。在独处时，一个人行走在风雨中，那些看不到阳光的日子终会过去，疲惫的心也会在独处中自愈。

很欣赏花旗银行投行部前高管田伟先生题在笔记本首页的一句话：“每临大事有静气，不信今人无古贤。”层次越高的人，越喜欢独处，越能在独处的过程中充盈自己，不断成长。独处是一个人最好的增值期，是一个人走向成功之路必要的修行。真正能让自己获得升华、变得更好，真正拉开人与人之间差距的，其实往往是那些独处的时光。在独处中自愈，在独处中沉淀，在独处中成长。

落日归山海，烟火向星辰。独处是一种智慧，更是一种人生境界。人生就是一场独行，在无人问津的日子里精进，在缄默的时光里蓄力。独处，也是生命的佛性，是为了走更长远的路。

独处亦清欢，笃心奋前行。万山磅礴，必有主峰；船重千钧，掌舵一人。你笑着不语，唯手指向远方，温柔且坚毅的样子，真的很美。共勉！

格局多大，路有多宽

《易经》开篇说："天行健，君子以自强不息；地势坤，君子以厚德载物。"天与地，之所以可以长久不衰，生生不息，是因为有足够的格局。上天不会吝啬阳光雨露，大地也不会抠搜一寸土壤，它们在自然界中无私地奉献自己，却从不向一草一木、一人一户索要回报。天地的大格局，成全了整个世界。人如果有天地一样辽阔的格局，人生中的所遇所见，经历的每件事就会变得轻松很多。古往今来，凡是有所成就之人，都有远大的格局。人在山顶为"仙"，人在谷底为"俗"。一个人所处的层次，取决于这个人的善良与格局。什么样的格局，容纳什么样的人生。海纳百川，有容乃大，大格局很重要。

山不让尘，泰山不让土壤，故能成其大。格局越大，人生越宽。

张蓝心　2019.9

曾国藩曾说："谋大事者，首重格局。"格局，是自己对人生观、价值观的定位，格局越大，成就越大。古时候，有个乞丐，整天上街乞讨，对于来来往往衣着光鲜的人，他点头哈腰，毫无感觉。可是，看见别的乞丐比自己乞讨得多，他就十分嫉妒。可想而知，这个人一辈子就是乞丐了。所以，一个人的格局，决定了其能谱写出怎样的结局。在日常生活中，我们也会发现，一个人格局越大，境界越高，家庭就越好。老话说："烙饼再大，也大不过烙饼的锅。"格局不够大，人生成就再高也有限度。一个人的成就再大，也大不过他的格局。所以，决定一个人命运的，不是天赋、出身、环境，而是格局。你有怎样的格局，就有怎样的结局。

格局是什么？有人说，格局是一个人对事物的认知范围。格，是指人格构成，包含胸怀、道德、责任、意志、品位、价值观等；局，是指局限或布局，就是一个人思想的深度、认知的高度、视野的广度。也可以说，格局就是一个人的人格与气度。每个人的人生轨迹不同，经历的事情不同，格局就有所不同。真正有格局的人，言行有尺度、为人有分寸、做事有打算。格局，并非高不可攀的东西。人人都有格局，只是每个人的格局不一样而已。有句话说得好："气度变大，抱怨就变小；胸襟变宽，路就变广；格局变大，问题就消失。"心有多宽，舞台就有多大；格局有多大，路就有多宽。

格局在李白那里是"仰天大笑出门去，我辈岂是蓬蒿人"的轩昂；格局在岳飞那里是"三千功名尘与土，八千里路云和月"的壮烈；格局在马致远那里是"夕阳西下，断肠人在天涯"的孤旅；格局在苏轼那里是"我欲乘风归去，又恐琼楼玉宇，高处不胜寒"的寂寞。格局是一种胸襟，海纳百川；格局是一种情怀，岁月如歌；格局是一种初心，源远流长。

海不辞盈，河海不择细流，故能就其深。格局越大，层次越高。

高度不够，看到的都是问题。格局太小，纠缠的都是鸡毛蒜皮。目光短浅，视线所至满目狼藉；看得够远，未来皆是无限可期。真正有大格局的人，视野广阔，志向高远，从不为小事纠缠。孟子说：“孔子登东山而小鲁，登泰山而小天下。”唯有登高，才能望远。一个人只有站得足够高，格局足够大，才能高屋建瓴，见识不凡。“源远流长”中的麒麟才子陈乐老师就曾在管理干部培训中分享这样一个观点：人的生命格局一大，就不会在琐碎装饰上沉陷。一个人对这个世界的认识越广阔，就越能从不同的角度看问题，不偏激，不斤斤计较；反之，如果一个人目光短浅，就只追求眼前的一些利益，而不考虑其他人的感受。两者相比较，就能看出一个人的格局大小。有大格局的人，既能仰望星空，又能脚踏实地。只有心中有大抱负、大胸怀，才能耐得住寂寞，沉下心来做事，矢志不渝地坚守自己的理想。大事放心里，小事也做得认真，以开阔的视野，为自己开疆扩土，未来不可限量。

悲观者，格局小。一点点小事，记挂心上，弄得整天不开心，愁眉不展，寝食难安。烂事缠身，一件接着一件，几乎没有开心的时候。格局越小，破事越多。一个人的眼界不高，心

张馨月　2018.11.3

胸狭窄，对待任何事情，只要是对自己不利的就会斤斤计较，人前人后，是是非非，利弊得失，无一放过。心眼小、嫉妒心强，处处树敌，不可能总有人惯着你的毛病。羡慕别人的生活，而自己达不到，也会闷闷不乐。别人比自己强，嫉妒之心强烈，不去想怎样提升自己，超过别人，而是耍小聪明，做一些见不得光的事诋毁别人。人越俗，思想越狭隘。固执己见，听不了别人的善言，疑心重，自以为是，过高地估计自己，结果必然是丑态百出。

乐观者，不是幸运，也不是常处于安逸的生活，没有烦恼和压力；而是他们的格局大，看得清，悟得透，遇事不慌张，能沉下心来，冷静处理。格局大的人，遇到再大的难事都会将其踩在脚下，不会坐立不安，喜怒形于色。格局大的人，遇事不斤斤计较，得失随缘，懂得换位思考，用理解宽容的心对待每一个人。与人相处，和谐自然，即便是被误解、受委屈，也不会与人争辩，大事化小，小事化了。心宽，路就宽。拿得起，放得下，不会因为一些事影响情绪，也不会因为一些人左右自己，失去正确的判断力。格局大的人，能掌控自己的情绪，不会因为任何事情失去理智。即使遇到突发事件，也能快速沉静下来，临危不惧，保持清醒的头脑，应对自如，其结果必然是功德圆满。

人不失品，王者不却众庶，故能明其德。格局越大，福报越多。

人的一生是见天地、见众生、见自己的过程。不同的认知层次，形成了不同的人生格局，决定了你能看到怎样的人间风景。当你见过天地、见过众生，打开格局开始见自己的时

张蓝心　2022.2

候，就会越来越清楚自己想过什么样的生活。当你想明白了这一点时，你的人生便会从此不同。拥有大格局的人，在人群中会散发不一样的气质，谦恭却有内涵，温和却有力量。他们会讲究，也能将就；能享受最好的，也能承受最坏的。他们通过读过的书、走过的路、见过的人提升自己思想的深度、眼界的宽度，以及胸怀的广度。真正自信有格局的人，总能简单得铿锵有力。人生这盘棋局，由格局决定。你有怎样的格局，就会有怎样的结局。格局有多高，福报就有多大。行走世间，顺心与否，不在于命运的造化，而在于看事的高度、处事的格局。胸怀广博，不与小人计较，心宽路宽，便是顺遂前程；眼界深远，不同往事纠缠，无怨无患，自有一世清欢。人生在世，把心放宽、把事看远，格局大了，世界也会跟着变好，福报也会随之而来。

一滴水，置于眼前观之，晶莹剔透；置于显微镜下细看，全是杂质。人这一辈子，看生活纷扰杂事，就好像观这一滴水。一个劲儿揪着细枝末节不放，只能看到一堆破事。但以一生的长度去衡量，任何一件事都会变得微不足道。格局一大，天地一宽，自然会觉得人生海海，山山而川，不过尔尔。京城户外传媒领域举足轻重的风云人物隗功雪先生说得好："欲成大树，不与草争；将军有剑，不斩蝼蚁。"区区小人，本不足挂齿，可若与之较劲，就等于将自己拉低到和小人相同的层级。非但讲不清道理，若遇到小人使绊，还可能由一件小事催生出无数坏事。真正有格局的人，遇到烂人能及时绕路，遇到烂事能及时止损。胸怀大了，值得挂心的事便少了。

做人做事，先把心境修大，装得下情绪，才能守得住人生。印象很深的是京津冀蔬菜产业联盟副理事长张雷在“抗击疫情，心理援助”公益讲座上的哲理金句：“人生的烦恼就像一勺盐，你的感受，取决于把它放在多大的容器里。很多时候，我们感到烦恼、痛苦是因为格局不够。格局小的人，感觉人生处处是坎坷；而格局大的人，则会更加豁达，少走许多弯路。”对于张雷的这个观点，我诚服认同，深以为然。

人有千种，各自不同。即使生活在同一片蓝天下，过着柴米油盐酱醋茶的生活，走在川流不息的人群中，也会看到每个人的表情各不相同。上天对每个人都是公平的，不同的心态造就了不同的人生。风雨人生，酸甜苦辣，每个人都是负重前行，没有一个人是幸运儿。有人捶胸顿足，愁眉苦脸，所遇繁华皆是一片荒芜；有人心境如湖，宁静致远，寒冬腊月亦能春意盎然。

《淮南子》中有言：“大足以容众，德足以怀远。”心胸宽广的人，时常宽恕别人；德行高尚的人，总是看得长远。有什么样的眼界和胸襟，就能看到什么样的风景。真正厉害的人，看到的从来不是眼前的利益，他们不拘泥于眼前的半亩方塘，

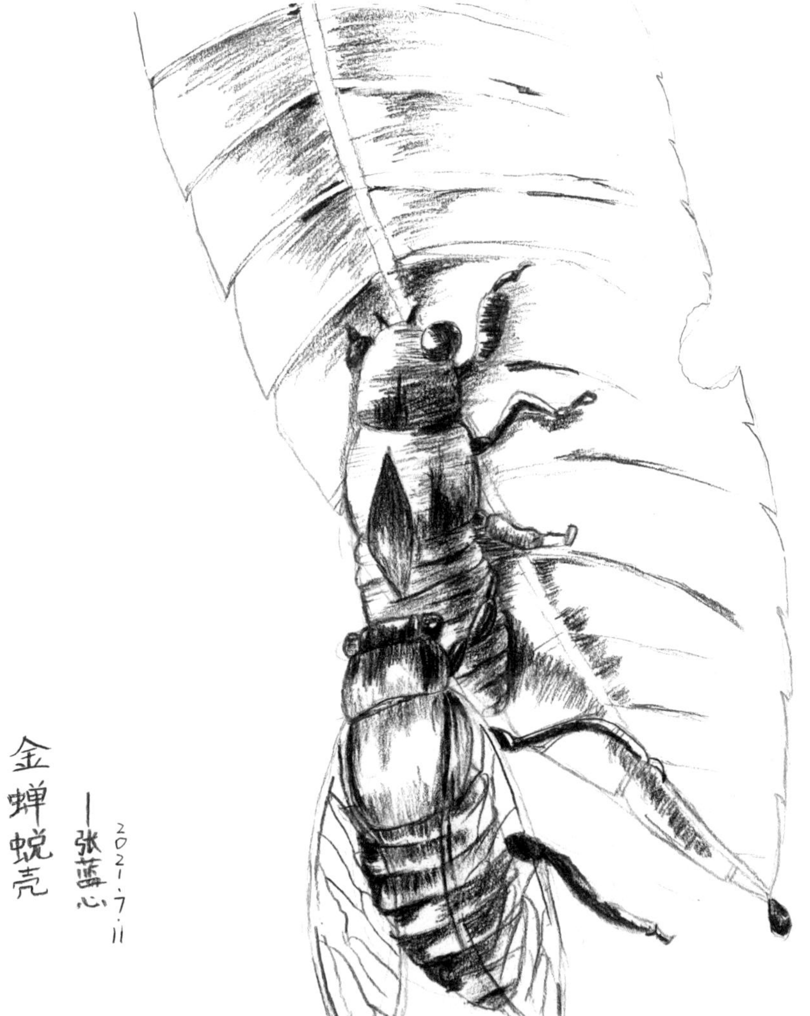

张蓝心　2021.7.11

而是无论何时何地都不忘远方的星辰大海。只有耐得住眼前的寂寞，才能守住未来的繁华。你站在山脚，嘈杂喧嚣，眼前是熙熙攘攘的是非，你也跟着激辩不休，苦恼这世界的吵闹；你站在山顶，天高云淡，眼中是万里河山的境界，天朗气清，沾不上半点人间的烦恼。

海宇宽怀怀海宇，云山大度度云山。过往如何，悲欢离合皆是过往；方寸不乱，喜怒哀乐事事随空。只有心胸开阔，才能收获更绚丽的风景。余生，做一个大格局之人，愿我们把自己活成一片海，沉静、谦和、宽容、开阔、风轻云淡，一生安然。

张蓝心　2022.6

新年展望

辞暮尔尔，烟火年年！岁序更替，新年：心纳吉祥，万事新，年平安！

总有一种力量让我们泪流满面，总有一种力量让我们初心如磐。这种力量就是梦想，这种力量就是善良。面对世俗的拖拽，梦想让我们告别脆弱和不堪，拥抱坚强与勇敢；善良让我们拒绝虚伪和庸俗，坚守尊严与担当。

朝朝暮暮，岁岁平安！华章日新，新年：心向安宁，万物新，年安暖！

总有一份温暖陪我们度过寒冬，总有一束阳光伴我们抵达未来。这份温暖就是信任，这束阳光就是承诺。辉煌的殿宇与低矮的茅屋，都迈着同样匆匆的脚步，在这个迅速变化的年代，我们应珍视最朴素的良心，即永不辜负信任，永远信守承诺。虽万物速朽，但良知永存。新年，我们别无所倚，唯有对信任的感怀；未来，我们别无所长，唯有对承诺的执着。

北方瑞雪迎春，南国暖阳盎然，候鸟掠出线影，年轮添

张馨月　2017.11

了新纹。今天，抹去旧浮尘，擦亮新梦想；今天，新年的第一天，新的开始，独一无二，不可或缺的你我再次闪亮登场。无论我们扮演何种角色，都不要被历史的大潮淹没，或者冲刷去你我人格的独立。至少我们要在大时代中做个坚强的小人物，在狂欢的夜幕中做个自由的灵魂舞者。是的，新年一切的一切，都应从你我出发，又归于你我，归于你我的初心，归于你我的梦想，归于你我的努力，归于你我的生命意义。凡是过往，皆为序章；凡是经历，皆为馈赠！岁月如歌，源远流长，人间正道，天高云淡的熠熠星光定会折射出少年归来的炫彩篇章，照亮新年的前路和青春的梦想。再赴山海，与光同行，长路浩浩荡荡；星河灿烂，坚守善道，万事皆可期待。

愿伟大祖国，山河远阔，国泰民安！

愿钮泰文化，踔厉奋发，日新月异！

愿所有朋友，祯祥吉祺，家兴百合！

万福骈臻，鸿禧云集！喜乐锦荣，和顺安康！！

2023 年 1 月 22 日子夜未央谨贺新年

COOL
FEAST
张蓝心　2022.8

新时代擘画新蓝图，新作为启航新征程

春秋代序，岁月峥嵘。癸卯新年的第一缕曙光即将穿透寒夜，拥抱并温暖所有人的坚持和期待，期许我们对新春的向往、事业的追求、未来的信念，直抵人心。

星辰大海，征途如虹。过去的一年，国际局势风云变幻，行业变革潮起潮落，钮泰文化事业闯关夺隘、跨越山海。大事小事平凡事，点点星火，汇聚成炬。喜悦、收获、曲折、失去、温暖、感动，凡此种种，深刻难忘。

过去的这一年不平凡，举旗定向，奋发有为。我们初心如磐，锐意进取，创新发展，强化“踏踏实实做事，坦坦荡荡做人”的工作作风，深化“实实在在经营，本本分分发展”的管理理念。我们持续深耕传统优势业务，拓宽投资合作新赛道，持续致力民生、健康、公益、文化、传媒、茶产业集群等既定规划布局，稳妥扩张互联网安全、医美医疗、环保新业态、矿山生态修复、公益联盟等钮泰文化新版图、新战略。向前、向新、向强，千帆竞渡，百舸争流，砥砺前行。

过去的这一年不容易，顺势而为，战胜挑战。举目世界，局部冲突战火不断，新冠疫情阴霾未散，经济下行压力始终存在。唯其艰巨方显荣光，我们牢牢把握政策与时势新机遇，持续加强自身传统优势，积极选择、布局，整合资源借力、请力，寻求新出路、新机会、新突破，立当下谋长远，强团队搞创新，抓开源促节流，闯市场稳增长，凝心聚力干事业，心无旁骛谋发展。硕果飘香，实属不易，弥足珍贵。

过去的这一年不寻常，文化引领，浩荡前行。我们崇尚义利共生，全面履行企业责任；尊崇价值创造，持续为员工创造幸福、为客户创造价值、为企业创造利益、为健康创造财富；坚持高质量经营、可持续发展，围绕“市场”下功夫，围绕“服务”做文章，顺应趋势，不断优选赛道、优化业务结构，提升经营效益，找差距、补短板，强基固本，积极主动对冲风险。企业文化枝繁叶茂，投资创新成果丰硕，经营业绩连续增长，发展坚实步履铿锵。

一年已尽一年又始，新起点、新征程总能带给我们无限憧憬和希望。党的二十大擘画蓝图、指明方向。我们知道，实现“源远流长 · 百年老店”需要付出更艰苦的努力，迎难而上；穿越惊涛骇浪需要付出更大的勇气，稳中求进。纵然前路风霜雨雪，正在发芽、分蘖、孕育的满园春色，也能给我们不屈、蓬勃、向上的力量，生生不息，如一轮红日喷薄而出，磅礴壮

张蓝心　2022.8

丽，催人奋进。

在这样一个充满不确定性的时代，我们要保持足够的清醒和谨慎。一是以内在的确定性应对外部的不确定性。我们最大的内在确定性就是全体高管精诚团结，市场各部目标一致、风雨同舟、协同奋进。没有一个组织是靠松垮、懈怠取胜的。商场如战场，企业要想持续创造高绩效，就要营造高绩效的组织结构。任何组织，都要有高绩效压力、危机感、内外竞争压力。二是提升组织文化能力，建立组织文化理性。首先，管理者要有长期价值主义思维，摒弃投机与短视，抑制原始冲动，使管理者的局部欲望得到有效释放，偏执行为受到有效约束，只有同心同德，文化统一，才能把握成长的节奏不翻车；其次，要强化制度与流程建设，确立制度与流程的权威，持续提升业务流程服务效率，提高客服价值产出效益，充分发挥组织文化效能，为市场持续健康发展提供文化价值体系保障。

旧岁已展千重锦，新年再进百尺竿。走过泥泞，方知大道珍贵；历经风雨，才觉阳光美好。

我们要以事业为信仰和梦想；以“爱国、爱党、爱客户、爱员工、爱企业”为己任；以“道经营、德育人、诚待人、心做事”为境界；以信誉为生命，以工作为乐趣，以服务为享受；以“感恩、包容、稳健、利他”为为人处世之道，以“心静、自修、平淡、因果”为修身养性之道。这是钮泰文化核心

张馨月　2017.5

价值观在新发展时期的新诠释、新外延，是我们战胜一切艰难险阻，应对一切不确定性的最大底气、最大保证。

2023 年，注定极不平凡，任重道远。新蓝图、新跨越、新模式，谋划长远，善作善成。

2023 年，注定极具挑战，稳中求进。新征程、新梦想、新作为，驰而不息，久久为功。

历史和成功只会眷顾奋进者、搏击者，不会等待懈怠者、畏难者。在伟大征程中，成长的每一步都是我们一次知难而进的攀登。不能因为胜利而骄傲、因为成功而懈怠、因为困难而退缩。这样，一个充满机遇、充满希望、欣欣向荣、大有可为的春天就会扑面而来、呼啸而至。

岁月不居，芳华有信。初岁元祚，吉日唯良。前路浩浩荡荡，万事皆可期待。值此新春万象更新之际，我谨代表钮泰文化全体股东、高管向所有关心、支持钮泰文化的各级领导、各界朋友，向为钮泰文化事业默默做出贡献的全体员工及家属，向一直信任我们的所有客户和合作伙伴致以最诚挚的新春祝福，敬贺新禧：

襄盛世 · 绘蓝图 · 奔未来

时间属于拼搏者，成功属于奋进者：

日月其迈，岁律更新，历史翻开新的一页，我们迎来新的一年！

使命在肩，初心如磐，以奋斗来创造历史，用实干去成就未来！

大风泱泱，大潮滂滂，开启新的壮丽征程，描绘新的宏伟蓝图！

——天高云淡 · 悦新年 2021

参天之木，必有其根：

而老张信守的发展之根基，立身之本则是“天高云淡”的初心、使命和担当！为者常成，爱者常至，天顺其然，一切都是刚刚好。时间是善恶的标尺，时间为证，回望来路，等闲识得东风面，万紫千红总是春。于群峰之上，更觉长风浩荡，云热泪盈眶，初心至真如磐，熠熠生辉。

怀山之水，必有其源：

而老张坚守的奋斗之源泉，成事之源则是“源远流长”的情怀、责任和梦想！道阻且长，勇则将至，地顺其性，一切只是刚开始。岁月是真伪的参照，岁月为凭，瞭望征途，问渠那得清如许，为有源头活水来。于高山之巅，方见大河奔涌，云热血沸腾，情怀至暖如春，生生不息。

这一树千年，缘往而情深！

有一种默契，叫相识如故，缘天赐，必永久！

这一叶不语，爱便是一生！

有一种感觉，叫白首如新，爱无疆，故永恒！

人生路远，山高水长；心怀热爱，一路向阳；

景迈正山，天高云淡；云普人家，源远流长。

也许当下如故，依旧烟火平常。

但，初心仅付一生，世俗红尘嚣嚣也要永远热血赤诚，敬尽那茶德无疆。

也许前路未尝，不曾光芒万丈。

但，生命仅此一次，山高路远漫漫也要永远热泪盈眶，爱遍这来日方长。

天地间有一种善，叫作感恩。从天而降，择良而融，感于心、恩于行、耀于初心，似日月星辰，让天地生辉而愈闪耀。

生命中有一种爱，叫作感恩。诞于偶然，止于永恒，感于情、恩于尘、阔于前路，似灿烂阳光，让生命温暖而愈辽阔。

福佑景迈瑞气盈，佛光普照王者生。

天赐祥云贺盛世，千年明珠万象荣。

征途漫漫，山河远阔，唯有追逐梦想：梦想因坚信如炬而慨然以赴，日夜兼程而更加美好。

梦想成真，星辰大海，唯有不忘初心：初心因责任如山方挺身而出，勇者逆行方更加瑰丽。

仰观天宇，天上尘，千年景迈千锤百炼千年云之顶，历史天空坐标，岁月绵绵情怀，源远深邃。

俯身耕耘，地下土，非遗人家千古流传非遗云之巅，正山定海神针，未来熠熠生辉，无限可能。

总有青葱的拒马河，总有暖暖的涞阳路，

总有流星的西岗塔，总有起风的大槐树。

总有一个人，在默默祈祷世间所有美好全属于你。最好的默契，莫过于惺惺相惜；最深的懂得，莫过于心有灵犀。悲欢皆随意，万般皆真心。漫漫人生路，唯梦慰风尘。心若相知，不语也暖；爱若盛开，悦远亦来。

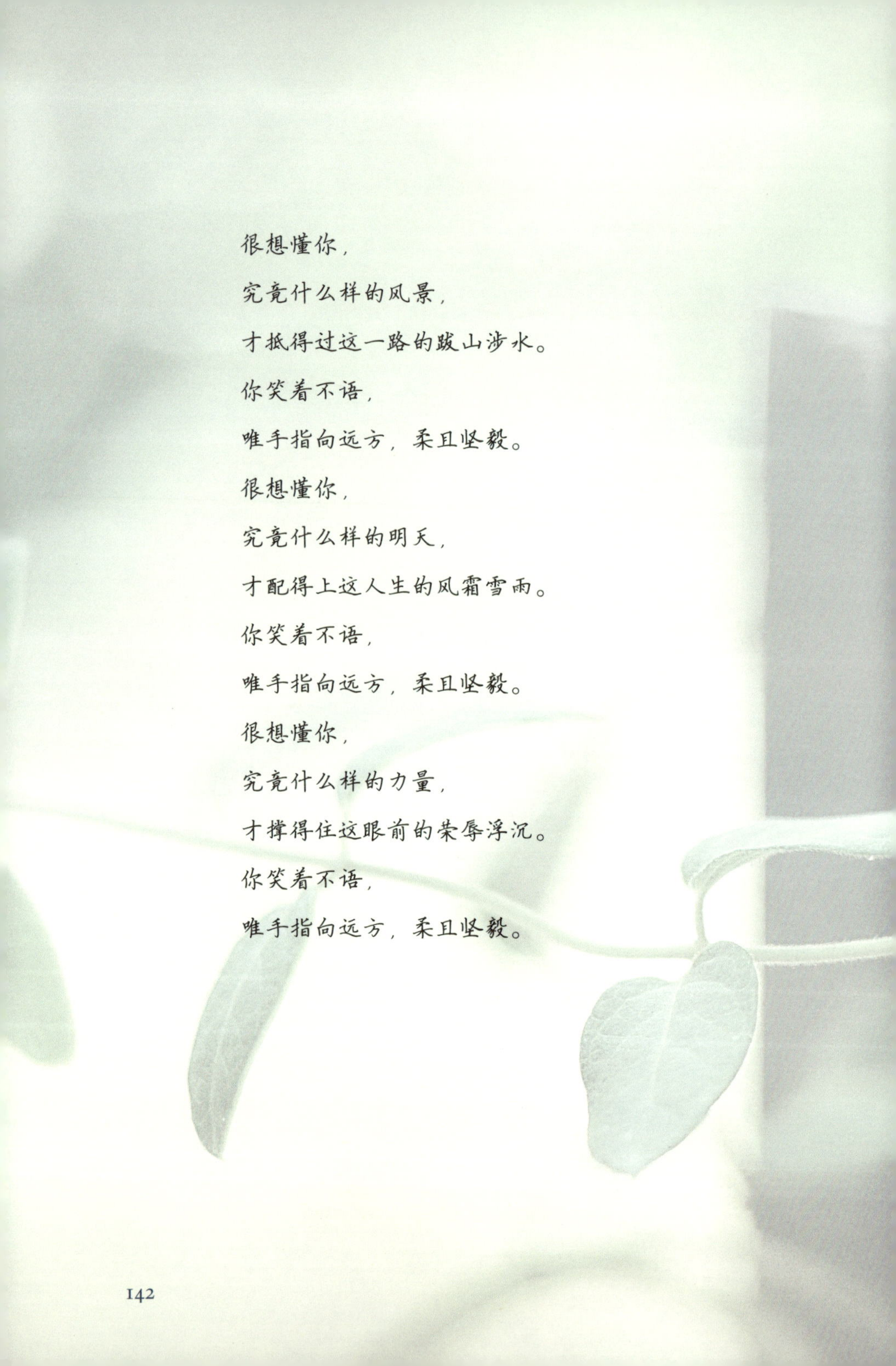

很想懂你，
究竟什么样的风景，
才抵得过这一路的跋山涉水。
你笑着不语，
唯手指向远方，柔且坚毅。
很想懂你，
究竟什么样的明天，
才配得上这人生的风霜雪雨。
你笑着不语，
唯手指向远方，柔且坚毅。
很想懂你，
究竟什么样的力量，
才撑得住这眼前的荣辱浮沉。
你笑着不语，
唯手指向远方，柔且坚毅。

心，如初，永远在梦里。在梦里，或许喧嚣，或许孤岛；抑或美满，抑或缺憾。你，永远青春，永远热泪盈眶，愉悦向阳。

梦，如初，永远在路上。在路上，或许荆棘，或许坦途；抑或落魄，抑或荣光。你，永远赤诚，永远热血沸腾，心怀炙热。

爱，如初，永远在远方，在远方，或许懵懂，或许沧桑；抑或浮华，抑或荒凉。你，永远纯粹，永远热爱无疆，奔赴山海。

我还是喜欢天高云淡的云，
像细雨落了六百里，绵绵延延，
心之所向，无有西东，无问归期。
我还是喜欢岁月如歌的云，
像朝霞映红七千里，灿灿熠熠，
梦之所愿，无有来去，无问旧忆。
我还是喜欢源远流长的云，
像晚风轻拂八万里，习习徐徐，
行之所往，无问来去，有云足矣。

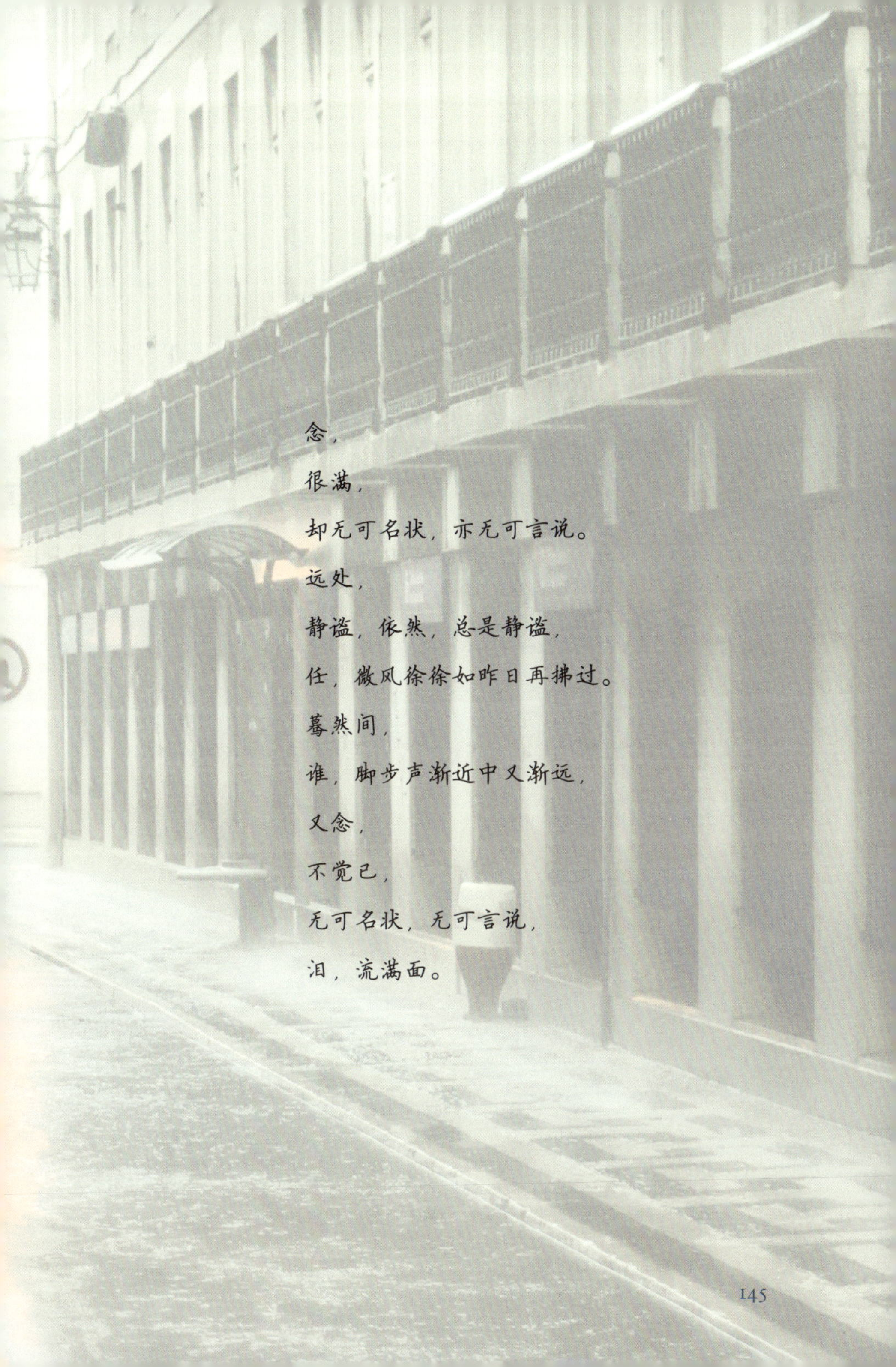

念，

很满，

却无可名状，亦无可言说。

远处，

静谧，依然，总是静谧，

任，微风徐徐如昨日再拂过。

蓦然间，

谁，脚步声渐近中又渐远，

又念，

不觉已，

无可名状，无可言说，

泪，流满面。

风起，

君为披肩，吾亦秋裤，

秋瑟瑟渐暖，

夜漫漫而月圆。

没有人知道，

星，

于这朦胧的时光里在等，

等一个没有雪花飘落的冬天。

风去，

伊自欢愉，吾亦喜欢，

天湛湛眸蓝，

云淡淡凝悠远。

没有人知晓，

我，

于那潺潺的时空中在念，

念一个没有落叶飘零的秋天。